ミステリオーサ・スキラッチ
犯罪発生率が非常に高い街・サグマリア出身の美少女。景光のことが好きで、性格は底抜けに明るい。右手は義手であり、力の原石によって【怪力】の異能を発揮する
三国ヶ丘御子
［みくにがおか・みこ］
日本でかつて三大名家と言われた三国ヶ丘家の令嬢。高校２年生。勝ち気で、いまは一般生徒と変わらない生活をしている。【未来視】の異能を持ち、家宝の宝石を守っているが……

衣良景光
［いら・かげみつ］
作戦成功率95％以上を誇る第四小隊の頭脳。
妹の治療費を稼ぐため、
中学に上がって、すぐ裏稼業の道に堕ちた。
仲間想いで、ふと熱くなってしまうこともある

夢見ていた
「放課後」のデートを満喫——！

この教室は、武力に守られている

阪田咲話

ファンタジア文庫

3252

口絵・本文イラスト　SOLar

003 CONTENTS

001 CONTENTS

This classroom

is guarded by force.

001

mission1　令嬢はいじっぱり

「九ターン目終了です。青色チップ二〇枚がアルファーノさまへと入ります」

場を取り仕切っていたディーラーの女が淡々とした口調で告げた。

「衣良景光《いらかげみつ》さまはこちらの赤色チップです」

アルファーノと呼ばれる大男の対面に座る景光は恨めしそうに、今しがた手元に積まれた赤いチップを見つめる。

「次がラスト。一〇ターン目です」

ディーラーが場のカードを回収してから慣れた手つきでシャッフルを開始する。それを眺めながら景光は『終われ、早く』と内心で呟《つぶや》き、固く拳を握りしめた。

繁華街から西に少し逸《そ》れた、閑古鳥《かんこどり》の鳴く寂れた酒場――レガリス。

表向きは古くからこの街にある歴史の深いバー。だが、そこのバーテンダーに知る人ぞ知る合言葉を告げると、店の奥へと案内される。

そこは柄の悪い男共が法外なレートのポーカーやルーレットに熱を上げる違法賭博場《とばくじょう》。

衣良景光は、そんな場にとにかく似合わない男であった。

年齢、一八歳。身長、一七五センチ。黒々とした瞳と低い鼻。耳にかかる程度に伸びた地毛の黒髪。日に焼けてもおらず、かといって色白すぎない肌——可もなく不可もないルックスの典型的な黄色人種。

景光はディーラーから受け取ったカードをざっと見回し、瞬間的に苦い表情を浮かべる。

渋い顔の景光に対し、余裕ありげなのは対戦相手のアルファーノ。

「アルファーノさま。カードを交換されますか？」

「構わん。三枚だけ賭ける」

「かしこまりました。では、衣良景光さま」

「コール。あと、カードは全替えで」

返されたカードを山札へと戻し、高速のシャッフルでカードを混ぜ始めるディーラー。

戦況は絶望的だった。

自エリアにうず高く青いチップが積まれたアルファーノに対して、景光の場に積まれているのは赤いチップ。その血の如《ごと》き赤色が示すのは負債である。

「……っ」

再度配られたカードを確認して、景光はわずかに肩を落とす。

景光が見せたリアクションはほんの一瞬、コンマ数秒だ。だが、毎ターンそれを目ざとく観察し、ここまで勝ちを積み重ねてきたアルファーノ。

アルファーノはもう十分、このゲームで儲《もう》けている。だが、できるだけ少ないリスクで少しでも多くの金を搾り取っておきたい。

故に彼が選んだ手は景光に『フォールド』を宣言させることであった。

「二周目のベットタイムです」

ゆるくパーマのかかった赤髪をさらりとかき上げ、無機質な口調で選択を迫るディーラーに、アルファーノが宣言したのは――

「――レイズ。上限いっぱい六〇枚」

「衣良景光さまはどうされますか？」

ディーラーの問いに景光はじっくりと時間をかけて、選択を迷う……ふりをした。

十分な儲けがあれば普通、チップを60枚も賭けるような大博打《ばくち》はしない。

つまり、これは『ブラフ』だ。であるならば、答えは一つ。

「――この勝負、受ける。『コール』だ」

「なッ……！」

凶悪さすら感じる景光の笑みを前に、驚愕《きょうがく》と畏怖の声を漏らしたアルファーノの手から手札が零《こぼ》れ落ちる。

アルファーノの役は2が二枚、J三枚のフルハウス。何が起こっているのか理解できない彼に現実を突きつけるように、景光は一枚ずつ手札を開示する。

「スペードの8、9、10、J、Qだ。勝負してみるものだな」

ふっと景光が小さく微笑《ほほえ》むと、ディーラーは淡々とした声色で無慈悲な宣告を下す。

「最終ターンが終了しました。アルファーノさまはフルハウス。衣良景光さまはストレートフラッシュ。よって、衣良景光さまの勝利となります」

結果、戦況は覆《くつがえ》り、景光の手元にあった赤色のチップはごっそりとアルファーノの元に積まれることとなった。

「ありがとうございました」

軽い会釈《えしゃく》のあと、景光が右手を差し出す。

——その時だった。

「ボケがァッ！」

突如として男が吠《ほ》え、丸テーブルに力いっぱい拳を叩《たた》きつけた。元々朽ちかけていた丸テーブルはその衝撃に耐えきれず粉砕。積まれていた幾多ものチップが床に散らばる。

しんと静寂が下りる店内。顔面を紅潮させ、鼻息を荒くして立ち上がったアルファーノに、景光は独り言のように告げた。

「……勿体《もったい》ないな」

「あァ？」

「勝ってばかりのカジノなんてつまらないだろ。こういうのは騙《だま》し、騙されるから面白いんじゃないのか？」

「──図に乗るなよ、小僧。遊びは終わりだ」

禿頭《とくとう》の先まで真っ赤になったアルファーノがスーツの中から抜き出した【それ】に、無表情だった女ディーラーは大きく目を見開き、景光は初めてわずかに動揺した。

「なぜそんなものをここに持ち込める？　表のバーで回収されるはずだ」

「残念ながら持ち込めるんだよ。ここは俺の組織が運営するカジノだからな」

「アンタはカジノに負けたら対戦相手を殺すのか？」

その問いには答えず、ワルサーＰＰＳの銃口を景光の額に押し当てるアルファーノ。絶体絶命の景光だが、周囲はすでにカジノを再開し、徐々に喧騒《けんそう》を取り戻し始めている。

いよいよ、アルファーノの愛銃が銃弾を撃ち出そうというところで。

「はいはーい。そこまで、そこまでー」

気の抜けた声と共にバー『レガリス』と違法賭博場を隔てる木製の扉が打ち破られた。

これには破落戸《ごろつき》たちも反応し、ビクリと肩を震わせて入口へと視線をやる。

拳一つで扉を破壊し、現れたのは女性警官。後ろで凛々《りり》しく束ねた銀髪の上から被《かぶ》った警察章の入った帽子、青い制服に濃紺のネクタイ。腰元には警棒。ホルスターには拳銃。

「警官かっ……！」

自然と景光の表情も明るくなる。しかし、アルファーノは欠片《かけら》も狼狽《ろうばい》しなかった。

「残念だなぁ、クソガキ。この辺の警察はすでに俺たちの組織で買収してるのさ。つまり、俺がお前を撃ち殺そうと、あの警官は見逃してくれるってことだ」

アルファーノがワルサーＰＰＳの銃口を再び景光の額に押し当てたその時。

『中継です！　現在、港近傍の警察署は火柱に包まれており、住民の情報では――……』

くだらないコメディ番組を流していたテレビの液晶画面が突然中継に切り替わった。

燃え盛る警察署を前に、マイクを手にした女性アナウンサーが頻《しき》りに状況を伝えている。

「な、なんで燃えてやがるッ……⁉」

目を白黒させて狼狽するアルファーノに、ニィと不敵な笑みを湛《たた》える女性警官。

「あなたの組織で買収している警察の方が詰めているのはここですよね？　私が爆破しました。それと──私はこの辺の警官ではありません」

女性警官が懐《ふところ》から取り出して見せたのは警察手帳。そこには確かにこの街ではなく、隣町──モスカバン県警の警官であることが記されていた。

「爆破⁉」「マジかよ……」「俺でもそんなことしねぇよ……」

女性警官の衝撃告白にざわめく会場。ドン引きする声が会場を満たしていく。

「待て待て待て！　正気か、お前！　というかなんでこの街にモスカバン県警が……！」

戦慄するアルファーノに対し、かわいらしく首を傾《かし》げる女性警官。

「さっき、この辺の警官は買収してるっておっしゃいましたよね？　それを知った上でここへ来たんですよ。正義を全うすべき警官が悪に寝返ったのなら、もう殺してしまっても構わないと思いまして」

絶句する破落戸たちに彼女は恍惚《こうこつ》とした笑みを覗《のぞ》かせ、懐から拳銃を引き抜く。

「どんな手を使ってでも悪を滅する……それが私の生きがいなのです。今日、私がここへ来たのは──この拳銃で皆さんの脳天と心臓をぶち抜くためです」

直後、女性警官の拳銃が火を噴いた。

乾いた銃声が響いたあと、先ほどまで景光たちのテーブルを担当していたディーラーがどさりと床に倒れ伏す。うつ伏せになった彼女を中心に広がる赤色の液体。

次に銃口が向いた先は……景光。

「待て！　お、俺はこいつらより悪くな――」

だが、この女性警官の前でそんな口上は通用しない。ためらいもなく彼女は拳銃を発砲した。

「うぁ……！」

音にならない悲鳴を上げ、力なく崩れ去る景光。

ここまで二人。特に一番善人面《ぜんにんづら》だった二人が、彼女に撃たれた。

「こいつ、正気じゃねえッ……！」

「……正気じゃない、とは？」

どこかから放たれた罵声に、女性警官はピクリと頬の肉を引きつらせる。そして彼女は傍《かたわ》らからもう一丁の拳銃を引き抜いた。警官らしからぬ、まさかの二丁スタイル。

「私は正気だ……！　正気じゃないのはこの世界だ！　誰から撃たれたいんだ……！　もう一度、言ってみろおおぉぉぉぉぉぉッ！」

天井に向かって二丁の拳銃を連続で発砲する女性警官。

「きゃはははははははははッッッ！」

陽気な笑い声、血走った瞳。躊躇《ちゅうちょ》なく二丁拳銃を発砲する彼女から弾《はじ》ける満開の笑顔。

それらは破落戸たちに強烈なトラウマを植えつけた。

「やつを止めろ！」「武器ねえよ、回収されてる！」「――う、うわあああああッ！」

ついに根を上げた一人の破落戸が強面《こわもて》に似合わない悲鳴を上げながら逃亡。非常口へとつながる扉を強引に開けて逃げ出した彼を誰も見逃してはいない。

「どけ！」「俺が先だ！」「押すなバカヤローッ！」

一人が先陣を切ったことで、残りの悪党たちも波となって非常口に押し寄せる。

もう女性警官を止められるのは唯一武器を持ち込んでいるアルファーノしかいない。

「くっ、このアマ……！」

悪態を吐《つ》き、銃口を女性警官に向ける。だが、逃げる群衆の波に押されて狙いが定まらない。そのままアルファーノはあれよあれよと店の非常口方面へと押し流されていく。

そしてものの一分ほどで会場は女性警官、そして床に倒れ伏す女ディーラーと景光を残すのみとなった。嵐が去ったかのような沈黙と硝煙の香りが辺りに漂うだけ。

……その静寂を裂いたのは、本来聞こえるはずのない快活な声だった。

「――はい！　カット！」

凛々しい声で命令を下したのはディーラー。彼女の号令の直後、死人に扮《ふん》していた景光はのそりと起き上がる。同時、女性警官に変装していた少女――ミステリオーサ・スキラッチは腹立たしげに銀髪のウィッグを脱いでその場に投げ捨てた。

「これマジで蒸れるんだが⁉　通気性バッ！」

銀髪の下から現れた金髪ショートヘアをぐしゃぐしゃと掻《か》く偽物《にせもの》の女性警官。ついでとばかりに演技に用いたモデルガンも床に捨てていく。

「仕事道具だ。我慢しろ、ミステリオーサ。というか、そんな目立つ髪してるからウィッグなんか被らなくちゃいけないんだ」

そう返して服に飛び散った血糊《ちのり》を涼しい表情で拭き取っているのは偽ディーラー――キャサリン・ワトソン。

「にしても、うまく敵を撒《ま》いたな。さすがは【第四小隊の頭脳】だ」

悪党染《じ》みた笑みを浮かべるキャサリンに、景光は一つ咳払《せきばら》いを挟んでから口を開く。

「表で武器を回収されるシステムでしたので。丸腰のところにあんなおかしな警官が現れたら逃げるしかないでしょう。アルファーノが武器を持ち込んでいたのは想定外でしたが」

淡々と語る景光に、おかしな警官……もとい、ミステリオーサが声を荒らげる。

「ボク着替えたいんだが！　みっちゃん、衣装ぷりーず！」

景光はミステリオーサの普段の仕事着が入った衣装ケースを床に滑らせ、彼女へ渡す。

「あー、これこれ！　やっぱりこっちでなくちゃ！」

衣装ケースを開けたミステリオーサは満足げに頷《うなず》いて、躊躇なく警官服を脱ぎ捨てた。

突然の下着姿の登場に景光は目のやり場に迷う。しかし、当人は気に留めない。

やがて、着替えを終えたミステリオーサは「ばばーん！」と自分で効果音を奏《かな》でながら、上機嫌で血糊まみれの床の上をくるりと一回転してみせた。

ふわりと舞う、複雑な刺繍《ししゅう》が施された純白のドレススカート。限りなく鮮血に似た血糊が辺りに飛び散り、未《いま》だ硝煙が漂う現場にはあまりにも似合わない白ゴススタイル。

だが、ミステリオーサはそれを嫌味なく着こなすほどの美貌を兼ね備えていた。

エメラルドを埋め込んだような、ぐりんと大きな薄緑色の瞳。目鼻立ちの整った色白の小顔に、女なら誰もが羨《うらや》むさらさらの金髪。程よく肉付きのある脚はゼブラ柄のニーソックスで覆われ、きゅっと締まることでさらにその美しい曲線が強調されている。

「景光、ミステリオーサ。あまり時間がない。行くぞ」

キャサリンを先頭に、スタッフ以外立ち入り禁止のエリアへずかずかと歩みを進める一行。薄暗い廊下をしばらく進むと、景光たちの眼前に重厚な鉄の二枚扉が現れた。

「あった！　これが金庫で間違いないだろう。しかし……」

「電子錠ですね……」

喜んだのも束《つか》の間、キャサリンと景光は扉の横に据えつけられた液晶パネルに目を向けて表情を歪《ゆが》ませる。

だが、ただ一人――ミステリオーサだけがなぜか得意げに微笑を浮かべていた。

「ヤだなー、ビビっちゃってさ。すぐ開くじゃん？【怪力】持ちのボクなら」

一瞬フリーズする二人だったが、すぐに彼女の言葉の意味を理解してキャサリンがふっと小さく鼻を鳴らす。

「そうだったな。じゃ、景気よく一発頼む」

「かしこまっ！」

ミステリオーサが答えたその瞬間、彼女の義手である右手が煌々《こうこう》とした赤い光に包まれる。直後、彼女は右手を握りしめて左右の扉の境目を殴りつけた。

ドゴォ！　と凄《すさ》まじい轟音《ごうおん》。二枚の鉄扉《てっぴ》が彼女の膂力《りょりょく》に負けてこじ開けられる。

「「「おぉ……！」」」

彼らの眼前に飛び込んできたのは数段の棚に所狭しと並べられた札束の山々。

瞳をギラつかせながらも手際《てぎわ》よく、景光たちは手持ちの麻袋に札束を詰め込んでいく。

「船を温めておく。終わったら追ってこい」

作業も終わりかけた頃、キャサリンが先に金庫をあとにした。

それから景光とミステリオーサ二人で麻袋に札束を詰め込み続けること二〇分。

「……よし。ずらかろう、ミステリオーサ」

「かしこまりーっ！」

集金完了。大量の札束が収められた麻袋を背負って、景光たちが店を出る。

裏口にあるのは一台のサイドカーつき大型バイク。二つの麻袋をサイドカーに積み終えて運転席には景光が跨《また》がり、後部座席にちょこんとミステリオーサが腰を下ろす。

あとはここから逃げ切り、港に停泊させてあるクルーザーでヒステモリアという街に渡る。それから依頼人に成果報告すれば任務完遂だ。

細路地を縫うようにバイクを走らせて大通りに出た景光たち。もうすでに逃走用のクルーザーは景光の視界の端に映っている。

あとはこの大通りを一直線に走り抜ければ――というところだが、

「白ゴス脳筋――――――――ッッッ！」

ふとバイクが奏でるエンジン音に混ざって、聞き慣れた男の声がした。

今回の標的だったアルファーノとその部下たちが、景光たちが跨るものよりさらに大型のバイクに乗り、路地裏からぬっと姿を現したのである。

「止まれェッ！　殺すぞオォォォォォッ！」

景光の背後から響くエンジン音とアルファーノの怒号。

「止まったらお前らに殺されるだろうが！」

屁理屈《へりくつ》を返しながら大通りをバイクで疾走することしばらく。

ついに景光たちは逃亡用のクルーザーの前に辿《たど》り着いた。

「うーい、早く乗れよー」

舟を出す準備をしていたキャサリンが運転席から顔を覗かせて景光たちに促す。

その口元には今しがた火を点《つ》けたラッキーストライク。右手にはギネスビールの缶。命を懸けた逃亡劇を繰り広げる景光たちとは違い、すでにリラックスモードだ。ミステリオーサを降ろし、バイクと一緒に甲板に乗り込む景光。だが、なかなかミステリオーサが甲板に乗ってこようとしない。

「何をしている！　早く乗れッ！」

「あのつるっぱげさぁ、ボクのこと脳筋とか言ったよね？」

『白ゴス』は見た目通りなので構わない。だが、先ほど『脳筋』と呼ばれたことに対しては確実にキレていた。

何せ自分のことを世界一かわいいと思い込んでいるミステリオーサだ。許すわけがない。

「んーっと、何かバット代わりになるもの……あっ！　いいのあるじゃん！」

ミステリオーサがひしと摑《つか》んだのは街灯。

「やめろ！　ミステリオーサ！」

景光が制止を求めるが、その声は怒り心頭の彼女には届いていない。すぅ、とミステリオーサが小さく息を吸ったと同時、彼女の右腕である義手がギラリと赤く輝き始める。

「いよっ、と」

軽い気合の声と共に高さ三メートルはあろう街灯の鉄柱にミステリオーサの五本指が食い込んだ。直後、街灯がボゴォ！　と轟音と共に根っこから引き抜かれる。重さ一トンに近い街灯を軽々と持ち上げ、ミステリオーサは「ふふーん」と機嫌よく鼻歌を奏でた。

「ボス！　あいつ【異能持ち】っすよ⁉」

「相手はガキだろうが！　ついてこいボケェ！」

震える部下たちを鼓舞して、さらにバイクの速度を上げるアルファーノ。

「ミステリオーサ！　あくまで今回の作戦は敵組織から金を巻き上げることであって、ぶっ殺せって依頼じゃ――……」

景光が言いなだめようとするが時すでに遅し。アルファーノたちとミステリオーサの距離が縮まっていく。一〇メートル、八メートル、五メートル、三メートル……。

「その首ィ！　切り刻んでやらぁ――――ッ！」

アルファーノが腰から抜いた日本刀を振り上げたと同時、ミステリオーサはニィと不敵に微笑《ほほえ》んで――街灯をフルスイングした。グシャア！　と複数台のバイクがへしゃげる音。悪党たちがバイク諸共《もろとも》吹っ飛んでいく。

野太い断末魔をまき散らしながら放物線上に飛んでいく男たち。追い風に乗り、その飛距離は快調に伸びて、やがてその姿は煌々と太陽が輝く南の空へと消えていった。

「ホォ――――ム、ランっ！　素晴らしい！　最近打率が低迷していたミステリオーサ選手ですからね。内心ホッとしていることでしょう！　ね？　解説の衣良景光さん」

「解説じゃないし、俺は全然ホッとしていないんだが」

とびきりの笑みのミステリオーサに、景光は短く吐き捨ててガクリと項垂《うなだ》れたのだった。

＊＊＊＊＊＊＊＊＊

街を出た頃はまだ透き通るように青かった海が、今は夕日を飲み込んだかのように燦々《さんさん》とオレンジ色の輝きを放っている。

白い舟艇が南シナ海沖を進むこと、約四時間。

舟は無事、景光たちが所属する組織【ストレイシープ】が拠点を構える街――ヒステモリアに到着した。

港に降りるなり彼らを迎えるのは、天に向かって伸びる高層ビル群。だが、それに混ざるようにして違法建築に違法建築を重ねてできた九龍《クーロン》城塞にも似た物々しいマンションもいくつか建ち並んでいる。それらの根元には怪しげな商店やら雑居ビルなど。

その中でも一際《ひときわ》輝きを放っている一帯の市場に景光たちの拠点はある。市場といえど、中身は窃盗品ばかりが軒先に並ぶ違法商店とどこぞからかっさらわれた女や無断入国してきた女が働く娼館《しょうかん》の集まりだ。

柄の悪い商店の店主の誘い文句やら、娼館の前で女に手を引かれそうになるのを避けながら歩き、景光たちはやがて市場の一角にある雑居ビルに辿り着いた。

その二階こそ景光たちが所属するストレイシープの事務所である。

「……俺、すごく気が重いんですが」

「奇遇だな。私もだ」

「さっさと済ませてごはんいこ？　ごはん」

当事者意識ゼロのミステリオーサに、キャサリンは今日何度目か分からないため息を吐き出して、執務室につながる木製のドアをギィと押し開ける。

ドアが開くなり、彼らの視界に飛び込んできたのは電話対応に追われる上司――アーノルド・テイラーの姿であった。

「はい、こちらストレイ……分かってる？　そうですよね。依頼内容と違う？　その節は本当に……。足がついたらどうする？　その時はこちらが責任を……はい。では」

短い会話を終えて、カールのかかった茶髪を掻《か》きながら椅子に深く腰掛ける彼。

アーノルドはデスクに転がっていたマルボロメンソールの箱に手を伸ばそうとするが、

――Ｐｒｒｒｒｒ………

すぐさま入電音が室内に鳴り響く。同時、アーノルドの堪忍袋《かんにんぶくろ》の緒が切れた。

「あああああああッッッ！」

アーノルドはスマホの電源を落とし、デスクに力強くそれを叩《たた》きつける。ついでに壁から伸びた固定電話の電話線も引き抜いた。宙ぶらりんになった電話線を怨念込めて床に投げ捨ててから、彼はタバコに火をつける。実に四時間ぶりの一服である。

「依頼主の筋からの電話が鳴りっぱなしだ。今の電話で三八回目。いつからここはテレビショッピングのコールセンターになったんだ？」

「申し訳ございません」

キャサリンが一礼と共に詫《わ》びると、アーノルドは疲労の滲《にじ》んだ顔を横に振った。

「いや、いいんだ。いつだって部下のミスの責任を負うのは上司の責任だから」

ほっと安堵《あんど》するキャサリン。一方、事の発端であるミステリオーサは間抜け面のままスマホ画面を連打。昨日から始めたソシャゲのデイリークエスト消化中。

「この作戦の起案は景光だろう？　彼の作戦は現状成功率九五％以上。ストレイシープ全体で見ても異例の数値だ。さすがは【第四小隊の頭脳】と称されるだけはある」

「ありがとうございます」

景光が頭を下げると、アーノルドは苛立ちと呆《あき》れを足して二で割ったような瞳をちらりとミステリオーサに向けた。

「しかし、大体何かやらかした時はミステリオーサがそこに絡《から》んでいる。……念のため訊《き》くけど、誰が原因でこうなった？」

キャサリンと景光の人差し指が同時にミステリオーサの方へと向いた。

「あれ？　またボクなんかやっちゃいました？」

「やっぱりミステリオーサかぁ……」

ゴン、とデスクに頭をぶつけるアーノルド。

「でも、その目でボクがやつらを殴り殺したところは見てないんだよね？　じゃあ『シュレディンガーのボク』じゃん！　見てないってことは観測できてないってことじゃん？」

見てないなら無効――彼女なりに頭を捻《ひね》って思いついた逃げ道だったが。

「俺が見ていなくても皆が見ている」

アーノルドがスマホを起動させ、決定的な証拠が映ったその画面を見せつける。

そこにあったのはSNS上の一アカウントのツイート。『人が空を飛んでる！』といった文面と、アルファーノたちが断末魔と共に空を翔《か》ける動画であった。

「人が空飛んでるんだ！　ゲームみたいに！　お前以外に誰がこんな芸当できるんだ！」

「でたーっ！　決めつけ！　社会の闇なんだが！」

声を荒らげるミステリオーサだが、彼女が騒げば騒ぐほど景光たちの視線は冷めていく。

いよいよ沈黙に耐えられなくなったのか、ぎこちない笑みを浮かべてミステリオーサは再び口を開いた。

「白ゴス脳筋、って言ってきたんですよあいつらぁ」

いや、言い得て妙だろ――とは口に出さない景光たちの本音である。

「……まぁいい。とにかく次はこのようなことがないように頼むよ」

「このたびは申し訳ございませんでした。私からも指導しておきますので」

「よろしく。……言っても聞かないだろうけど」

ようやくお説教タイムが終了。部屋の中にしんと沈黙の帳《とばり》が降りてくる。

「……それでは失礼いたします」

「おっと、少し待ってくれ。本題はこれからだ」

軽い会釈《えしゃく》と共に部屋を去ろうとしたキャサリンをアーノルドが引き止める。

「えー、終わったじゃん今！　ボクおなかすい――……あだぁ!?」

空腹を訴えるミステリオーサの頭を一発叩いてから、キャサリンは「何か？」とアーノルドに内容を尋ねた。

「ひっきりなしで悪いが、君たちには次の案件に当たってほしくてね」

「場所はどちらでしょう？」

「場所は……景光の生まれ故郷――日本だ」

ニッといたずらっぽい笑みと共に次の勤務地を言い渡すアーノルド。

構成員六〇名ほどの組織であるストレイシープは第一から一五まで小隊が組まれており、景光たちはその中の第四小隊に位置している。

マフィアを裁くマフィアとして世界中を飛び回りながら暗躍する景光たちだが、その担当は主に東南アジア地域である。

「日本だったら第七小隊の管轄では……」

訝《いぶか》しむ景光にアーノルドはタバコを一吸いしてから肩を竦《すく》める。

「第七小隊はフランスの難航案件の応援に当たっている。だから空いた第四小隊を日本に送ろうかと思ってね。帰省だと思って快く引き受けてくれよ。……内容はこれだ」

アーノルドから投げられたスマホをキャサリンが受け取り、景光とミステリオーサ共々その画面を覗《のぞ》き込む。

そこには真っ白な用紙に黒インクで文字が印刷されただけのシンプルな文書が映し出されていた。

「なになに？『お前の宝物と命をもらい受ける』――脅迫文かぁ。丁寧に送り主まで書いてるよ？　げぇ……【オリエンタル・ファミリー】だ」

オリエンタル・ファミリーといえば、過去にストレイシープと敵対関係にあったマフィア組織である。

構成員数は約四〇名。ストレイシープよりも小規模な組織だが、全員相当な手練《てだ》れであり、できれば直接的な抗争は避けたい相手であった。

「それと、この写真も見てほしい」

アーノルドが一枚の写真をピッと指で弾《はじ》いてキャサリンの元へと飛ばす。

そこに写っていたのは、桜の木の下で薄く微笑む制服姿の女子高生と、パリッとしたスーツに身を包んだ一人の男性の姿。彼らの横には『第八二回　鳴山《なりやま》学園高校入学式』と書かれた看板が掲げられていた。

「依頼主は写真に写る右の娘――三国ヶ丘御子《みくにがおかみこ》だ。歳《とし》は一七。若くして名家三国ヶ丘家の御当主さまらしい」

景光が写真を覗き込む。胸元まで伸びる、ゆるくパーマのかかった茶髪に赤い蝶《ちょう》を模した髪飾り。切れ長の瞳にきめ細やかな色白の肌。桃色の薄い唇。

どことなく気の強そうな女――景光が抱いた彼女への第一印象がそれだった。

(……どこかで見た名前だ)

同時に『三国ヶ丘』という名前にひっかかりを覚える景光だが、彼よりも先にキャサリンがその既視感の正体を見破った。

「三国ヶ丘家といえば万願寺《まんがんじ》家、菩提《ぼだい》家に並ぶ日本の名家の一つ……！」

ハッと息を飲む彼女に、ニィとアーノルドが不敵に口角を上げる。

「その通り。数年前までは世界の海運、陸運を席巻《せっけん》していた天下の三国ヶ丘家だ。そして何より――三国ヶ丘家には返さねばならない恩がある」

三国ヶ丘家の血が通った運輸会社は多く存在していたが、その中の一社とストレイシープは協力関係にあった過去がある。

すでにその企業は解体されているが、ストレイシープが他マフィア組織と抗争する際には武器の仕入れなどでよく世話になっていたらしい。

「今回の依頼はオリエンタル・ファミリーの手から三国ヶ丘家の宝物、そして三国ヶ丘御子の命を守る――そういうものだが、いけるか？」

いけるか？　とは訊かれたが、上司からの命令に拒否権はない。

「もちろんです。我々ストレイシープは受けた恩を必ず返すマフィアですので」

第四小隊を率いる隊長、キャサリンが力強く首肯する。

「助かるよ。ストレイシープは護衛任務を専門としていない。だが、我々は悪人を裁く悪人。悪人に狙われる善人を助けるという点では、他の任務と変わりないはずだ」

「ごもっともです」

キャサリンは燃えるように赤い髪をかき上げ、青く透き通った瞳を細める。

「悪人を本当の意味で裁くのは法ではなく、銃と刃《やいば》ですから」

アーノルドは満足げに微笑《ほほえ》んで短くなったタバコを灰皿で揉《も》み消し、上司らしく凜々《りり》しい口調で彼らに告げた。

「――日本へ渡れ。第四小隊」

＊＊＊＊＊＊＊＊

命令を受け、ストレイシープ第四小隊がフェリーで港に降りたのは翌日の朝一〇時。

それから電車で北上し、降りた駅から徒歩五分。そこにある雑居ビル二階空きテナントが彼らの新しい拠点である。

「……よし、できましたよ。って、まだ寝てるし……」

ソファで大口を開けて寝そべるキャサリンを見つめて、頭をもたげる景光。

最初はオフィス作りに協力してくれたキャサリンだが「休憩だ」と告げてからはしこたまビールを飲み続け、三五〇ミリリットル缶が七本空いた辺りでソファに横たわり動かなくなった。

景光がガクリと項垂《うなだ》れると、別のソファに座ってスマホを触り続けていたミステリオーサがふと顔を上げる。

「あ、終わった？　おぉー、なかなかいいオフィスですな！」

「お前は少しでも手伝おうと思わなかったのか……」

「ソシャゲで忙しいし！　イベント中だし！」

何が誇らしいのか、一五〇センチほどの身長には不釣り合いなほど大きな胸を反らすミステリオーサ。直後、彼女のおなかからクゥ、と子犬が鳴くような音が響いた。

「みっちゃん！　おなかすいた！」

「……はいはい」

まるで雑用係のような使われぶりだが、彼女に振り回されるのは慣れている。

キッチンに立った景光は冷蔵庫の中にあったネギやらたまご、炊飯器のごはんを使って手際《てぎわ》よく三人分の炒飯《チャーハン》を作った。

「できたぞ」

「おお！　チャーハン！」

キッチンダイニングにひょっこり顔を覗かせたミステリオーサは歓喜して、食卓に着く。

それから景光もミステリオーサの向かいの席に座り、「いただきます」と丁寧に合掌してから、スプーンで炒飯の山を掬《すく》った。

カチャカチャ、と二人分だけの食器の音が響く。キャサリンを呼ぼうとも考えたが、寝起きの彼女は凄《すさ》まじく機嫌が悪いので今日は二人きりでの夕食だ。

こうして面と合わしてミステリオーサと二人で食事を共にしていると、いつも景光は彼女と出逢《であ》った頃のことを思い出す。

四年前、冬の某日。

景光とキャサリンは上司のアーノルドからの命令で、サグ・マリアと呼ばれる街で任務に当たっていた。

金鉱、銀鉱などの貴重な鉱石が採掘されるその街はその頃、豊かな資源を狙う隣国とその所有権を守りたい自国との戦場と化していた。

景光たちの任務はサグ・マリアで幅を利《き》かせる新興マフィア集団のボスを殺害すること。

マフィア集団のやり口は狡猾《こうかつ》だった。

戦争で孤児と化した少年や少女を構成員として雇い、他マフィアとの抗争に利用していたのだ。だが何より厄介だったのが、彼らがボスから受けた洗脳だった。

計画では子供たちを救出し、ボスだけを殺害する予定だった。

だが、ボスに忠誠を誓っていた彼らは後を追うように自決。

たった一人、死にきれず残ったのがミステリオーサだった。

あの時、ミステリオーサと出逢うのがもう少し遅ければ——

「どしたの？　みっちゃん」

一向に食が進まない景光を気がかりに思ったミステリオーサが声をかける。

「……少し昔のことを考えていただけだ」

「もしかして、昔にみっちゃんがいた組織のこと？」

「いや、そうじゃない。大した考え事じゃないから気にしないでくれ」

再び食事を再開する景光だが、ミステリオーサは澄んだ緑眼で彼を見据えたままだ。

「もし、みっちゃんがまだ昔いた組織のこと気にしてるんなら……忘れた方がいいよ」

ミステリオーサの眉根が心配そうにハの字に下がる。

「みっちゃんが昔いた組織も、ボクが昔いた組織もロクなやつらじゃなかった。でも、今ボクらがいるのはストレイシープだから……忘れた方がいい」

景光は彼女を安心させるために小さく微笑みかけて、

「もう忘れかけてるさ。あの記憶が頭の中からすっかり抜けたら、俺は本当の意味でミステリオーサと仲間になれるんだと思うし、……そうなりたいと思っている」

本心だからこそ、誤魔化さずにまっすぐ告げた。

「……それはプロポーズってことでおけ？」

「何段階省略したらそうなるんだ」

「あー、マジかぁ。やっとボクのアプローチが実を結んだと思ったのに！」

パチンと悔しげな表情と共に指を鳴らすミステリオーサ。

「――早く消えてくれたらいいのにね、昔の記憶なんて」

その言葉は景光だけではなく、自分自身へも向けて放たれたものなのかもしれない。

景光が「そうだな」と返すと、また二人は何を言うでもなく食事を再開したのだった。

＊＊＊＊＊＊＊

目を醒《さ》ました先にあったのは、ただただ暗く、何もない空間だった。

痛む身体《からだ》に鞭《むち》を打って、景光が立ち上がる。地はあるが、空はない。見上げるも振り返るも途方もない闇が続いているだけで、誰の姿も見当たらない。

「なんだ、ここは……」

ぽつりと呟《つぶや》き、どこへ向かうでもなくとりあえず前に歩き始めたその時――ふと視界が真っ白な閃光《せんこう》に覆われ、景光は思わず目を閉じた。

徐々に光が治まるのを瞼《まぶた》越しに感じて目を開けると、いつの間にか景光は見覚えのある扉の前に立たされていた。

所々に錆《さび》が浮いた、重厚な鉄の二枚扉。

「……っ」

これは夢だと気づくと共に、景光の脳裏に思い出したくもない記憶が呼び起こされる。

吐き気と眩暈《めまい》。襲い掛かるそれらに耐えつつ景光が扉を開くと同時、目の前に広がる景色にゴクリと固唾《かたず》を飲んだ。

――部屋の中にはもう一人の自分……【景光】がいた。

『目的のものが身体の中にないと知れば、おそらく重松《しげまつ》は君を解放するはずだ』

【景光】に声をかけられた幼い女の子は、鉄製の牢《ろう》の中から恨めしい瞳を彼に向けながらぼそりと呟く。

『おなかすいた……あと、あたまかゆい』

景光は察した。これは間違いなく、これはあの『悪夢の日』の再現だと。

「待ってろ、今助ける……！」

景光は牢の扉に手を伸ばす。だが、その手は扉に触れることなくすり抜ける。それどころか少女も【景光】も彼の存在に気づいていない。

『すまない。今濡《ぬ》れタオルを取ってくる。食事はもう少し待ってほしい』

少女を宥《なだ》めて部屋を去ろうとする【景光】だが直後、大広間のドアがギィと耳障《みみざわ》りな音を鳴らして再び開かれた。

そこに現れた男に景光はギリ、と砕けそうなほどに歯を噛《か》み締める。

「重松、十五楼《じゅうごろう》……！」

重松十五楼。それがかつて景光とタッグを組んでいた仲間の名だった。

『重松さん、あの子、腹が空《す》いているようなので――』

恐々と告げる【景光】に重松は短くため息を吐《つ》いて、すうと目を細める。

『お前の敵を騙《だま》す能力は一級品だ。そこに見惚《みほ》れて俺はお前を仲間に引き入れた。だが、標的に情を抱くところだけは玉に瑕《きず》だな』

わざとらしく肩を竦《すく》めてから、重松が女の子に近づいていく。その距離が縮まるのにつれて、彼女の表情に恐怖の色が滲《にじ》んでいく。

『俺がなぜ君をここに連れてきたか分かるかな？』

黒縁眼鏡を中指で押し上げてから重松が問う。

少女が首を横に振ると、重松は煩わしそうにカールのかかった茶髪をぐしぐし掻《か》いた。

『……質問を変えようか。この世には【異能】と呼ばれる特別な力を持つ人間とそうではない人間がいる。知っているね？　学校でも習うはずだ』

長い静寂のあと、小さく頷《うなず》いた彼女に重松は満足げに頰を緩ませて語りを続ける。

『話が早くて助かるよ。俺も異能持ちでね……。といっても、元々は普通の人間だったんだ。だけどある日、仕事で始末した人間の中から面白いものが出てきたんだよ』

短く息を吸ってから重松は眼鏡の奥の瞳を細めて恍惚《こうこつ》と微笑む。

生まれつき異能を持つ者の体内で、限りなく低い確率で生成される結晶――力の原石。

それを体内に取り込めば普通の人間でも異能者に生まれ変わるという恐ろしい石だ。

ミステリオーサが桁外れな馬鹿力を発揮できるのも【怪力】の異能を秘めた石が彼女の義手の中に埋まっているからである。

『――力の原石さ』

『俺はその石を使って異能を得た。それが【異能持ちかどうでないかを見分ける異能】だったんだ。ただ、精度に問題があってね……必ずしも正確に異能持ちを見分けられるわけじゃないんだよ。だが、俺は自分の異能を信じて……君の身体の中に力の原石があることを信じて、ここに連れてきた』

やめてくれ――景光が願うが、時は止まらない。

『あたし、そんな石知らない……！』

『そうか。石の有無を本人は自覚していないんだったな』

何とか声を振り絞って叫んだ少女に、重松は茶髪の頭をかりかりと指で掻いてから――

『これが異能持ちを正確に見分けられる優秀な異能であればよかったんだが』

独り言のように呟いた直後。

重松は喪服のように不吉に黒々としたスーツの懐《ふところ》から、拳銃を取り出した。

『彼女が異能持ちなのか、そして原石持ちなのか……――これじゃ殺してみないと分からないな』

『ッ！　し、重松さ――』

【景光】の声を遮るように拳銃から銃声が放たれたと同時、景光が見る世界は徐々に暗転していった。


「――……あああぁぁぁぁぁぁぁぁッ！」

自身の叫び声と共に、景光は悪夢から現実世界へと呼び戻された。

覚醒した景光がまず最初に見たのは天井に備えつけられたシーリングファン。立てつけの悪さからか一回転ごとにカランカラン、と乾いた音を立てるそれに景光は意味もなく舌打ちをして、だるい体をベッドから起こす。

「なんて夢だ……」

日本に戻ってきて最初に見た夢は、彼が元いた組織を去ったその日のものだった。

景光が裏社会の人間になったのは今から五年前の夏のこと。

仕事熱心で家族思いの父、料理上手で家庭的な母、そして重い心臓病を患《わずら》いながらも懸命に生きる妹に囲まれる四人家族の長男として景光は生まれた。

本来であれば中学、高校を卒業して就職、または大学に進学という至極まともなルートを歩むはずだった彼の人生を狂わせたのは、両親の死。

不慮の事故によって両親を失い、複雑な親族関係から身寄りもなく、景光は重病の妹をたった一人で支えなくてはならなくなった。

当時まだ中学一年生だった彼は当然まともな職に就けるわけもなく、残された道は社会から認められない裏組織に入ることだけだった。

そこで最初に景光が入ったのは【裁《さばき》】と呼ばれるマフィア集団であり、そこにいたのが組織設立者である重松十五楼であった。

重松から直々に裏社会での生き方を教わる景光だったが、その日々は凄惨なものだった。

罪のない人々を私利私欲のために欺き、利用し、時には殺す。

そのやり方に耐えられなくなった景光は組織を抜けて、マフィアを裁くマフィア——ストレイシープの門を叩《たた》いたというわけである。

「くそっ……」

悪態を吐いて景光は再びベッドの中へと潜り込む。

ストレイシープに入って早四年。

徐々に【裁】にいた頃の記憶は薄れつつあるが、完全に忘れ去る日は来ない。

【裁】というあの組織が消えない限りは、ずっと。

＊＊＊＊＊＊＊＊＊

翌朝。景光は小鳥のさえずりに迎えられて目を醒ました。

ヒステモリアでは銃声や表で喧嘩《けんか》を繰り広げる破落戸《ごろつき》たちの罵声で起きることが常で、改めて日本の平和さとヒステモリアのクレイジーさを寝起き早々思い知らされる。

（くそ……身体がだるい……）

熟睡できなかったが、それしきの理由で仕事を休むのは許されない。

洗顔を済ませて普段着のスーツに袖を通し、景光はリビングを兼ねた執務室へ向かった。

「よう、起きたか」

ドアを開けるなり、彼を迎えたのはすでに仕事モードの中間管理職——キャサリン。

赤く長い髪を後ろで束ね、皺《しわ》ひとつないスーツに身を包み、ぴんと背筋を伸ばしてＰＣに向かう様はいかにも仕事ができるオトナの女。

こういう姿を男に見られたら「隙がない」と嘆かれ、昨晩のように飲みつぶれてソファで横になっていると「だらしない」と嘆かれる――キャサリンとはそういう女であった。

「道端で死んでるセミを見るような目だな。そんなに仕事熱心な未婚女が哀れか？」

「何も言ってないじゃないですか……」

「……まぁいい。うちのエースが来てない。呼んできてくれ」

触らぬ上司に祟《たた》りなし。

逃げるように景光は執務室を去り、ミステリオーサのいる部屋へと向かう。

彼女の寝室につながるドアを開けると、予想通りそこにあったのは気持ちよさそうにベッドの上で寝息を立てるミステリオーサの姿だった。

「おい、起きろ。会議だ」

ミステリオーサの頰をぺちぺち叩くと、彼女は薄く目を開けて緑色の瞳で彼を見つめる。

「んあ……みっちゃん？　おは……………………………………すぴー」

「二度寝する…………な⁉」

無理やり掛け布団《ぶとん》を引っ剝《ひ》がした景光の目に飛び込んできたのは、一糸まとわぬミステリオーサの姿であった。

窓から差し込む朝日を浴びて、瑞々《みずみず》しく輝く裸体。幼い見た目にそぐわない豊満な双丘、ぷくっと凹《へこ》んだへそ。適度な肉感がありつつもきちんとくびれた腰元から下方に向かって

は、今までニーソックスに覆われて見ることのなかった白く、美しい曲線美の太ももが伸びている。

「ふ、服を着ろ！　服を！」

顔を真っ赤にしてミステリオーサに背を向ける景光。彼の慌て具合にようやく何が起こったのか理解したミステリオーサは頬をにわかに赤らめ、バッと布団をかぶり込んだ。

「ぼ、ボクは寝る時パジャマを着ないんだよ……」

「すまん……」

申し訳ない気持ちでいっぱいの景光だったが、一方ミステリオーサはすでにいつもの調子を取り戻していた。

「ボクは景光のこと好きだよ？　だけど、いきなり襲われたらビックリしちゃうな……」

「べっ、別に襲ったわけでは――」

景光は反駁《はんばく》と共に振り返ったが、改めてミステリオーサの姿を見てようやく冷静さを取り戻した。掛け布団から覗《のぞ》かせた緑色の瞳が獲物を見つけた猫の目のように爛々《らんらん》と輝いている。彼女が恥じらいを感じたのは一瞬。あとは女性の裸体を前に慌てふためく景光の反応を楽しんでいただけであった。

「だけど、もう心の準備はできたから……いいよ？」

「早く着替えろ」

蠱惑《こわく》的な表情を浮かべるミステリオーサに、景光はただそれだけ告げて部屋をあとにする。執務室に戻った景光はぶっきらぼうに「そのうち来ます」とキャサリンに報告し、ソファに深く腰掛けた。

キャサリンはこの数分で何があったのかすぐに悟ったが、とりあえず「分かった」とだけ返して引き続き、ＰＣのキーボードを叩く。

しばらくして何事もなかったかのようにいつも通りの白ゴス姿でミステリオーサが執務室に現れた。

「いやー遅くなっちゃった！　あ、みっちゃん。さっきはごめんね？　きゃはっ！」

「揃《そろ》いました。始めましょう、ミーティング」

ミステリオーサのウインクをわざとらしく無視し、あくまで冷静を取り繕ってキャサリンに会議進行を委ねる景光。

「……では、始めよう。今回の依頼は護衛任務。ストレイシープが専門としていない業務だ。だが、まずは他の案件と同様に依頼主へのヒアリングから行うこととする」

景光たちが頷いたのを確認して、キャサリンは会議を進める。

「知っての通り、今回は一介の女子高生の護衛だ。殲滅《せんめつ》対象であるオリエンタル・ファミリーが彼女の通う高校に襲撃を行う可能性も考えられる。……そこでだ」

キャサリンはニヤリと口角を上げて、パチンと指を鳴らす。

「今から学校の下見も兼ねて彼女の通う高校――私立鳴山学園高校へと出向いてほしい」

嫌な予感は的中した。

景光は一八歳。本来であれば高校三年生になる年齢であるが、中学を卒業してからはストレイシープでの裏稼業《かぎょう》一本であり、高校には入学していない。

隣でキラキラと緑眼を輝かせながら「おお……」とまんざらでもない声を漏らすミステリオーサを一瞥《いちべつ》し、景光は恐々と口を開く。

「しかし、このまま出向くのはかなり危なくないでしょうか。完全に部外者ですし……」

「それなら問題ない。鳴山学園は中高大の一貫校だからな。しかもすべて同敷地《しきち》内だ。私服で潜入しても同校の大学生にしか見えんだろう」

あっさりと逃げ道を塞がれた。景光が苦い表情を浮かべる一方、ミステリオーサは子供みたいな無邪気な笑みを浮かべながら、ご機嫌に身体《からだ》を揺らしている。

「景光、気乗りしないようだがこんな言葉がある。ストレイシープの鉄の掟《おきて》第一項――」

「……依頼受理後、速やかに依頼者と接触を図るべし」

「その通り。まず、依頼者に現状をヒアリングすることが依頼解決の第一歩だ」

外堀を埋められた景光にもう反論の余地はない。

「ねえねえ、みっちゃん！　高校ってどんなところかな⁉　学園を牛耳《ぎゅうじ》る生徒会長とかそいつに絶対的忠誠を誓う風紀委員たちとかいる⁉」

「漫画の読み過ぎだ」

いつだって任務は時間との戦いだ。様々な行動において後手に回ると、思いもせず敵に足を掬《すく》われることもある。

だが、特に今回は——

（手短に済まそう……）

そう胸に誓って、景光は顔を上げてキャサリンへと告げた。

「——分かりました。やりましょう」

＊＊＊＊＊＊＊＊

私立鳴山学園。

所在地は某県鳴山市内。多くの著名人を輩出した、創立八〇年を超える中高大一貫校だ。

中等部、高等部、大学の総学生数は二〇〇〇人近いマンモス校であり、今回の依頼者である三国ヶ丘御子はその高等部に籍を置いている。

「敷地内には全生徒が利用できる食堂が三つ。構造に救われたな」

景光が構内マップを見ながら呟《つぶや》くと、隣を歩くミステリオーサも「だねっ！」とご機嫌にウインクを弾《はじ》けさせた。

壮大な数を誇る生徒の腹を満たす三つの食堂は、中高大どの生徒でも利用可能。そのため昼休みになると敷地内は学園生徒でごった返す。その人混みに紛れてあっさりと敷地内への侵入に成功した二人だ。

「でも、こんないっぱい人がいて御子ちゃんに接触なんてできるの？」

「あぁ、それなら問題ない。彼女の行動の傾向はすでに情報屋から仕入れている」

景光が手提げの革製バッグの中から三枚ほどの紙資料を取り出す。

そこには三国ヶ丘御子の出生から好きな食べ物、嫌いな食べ物に至るまで細やかに記されていた。載っていないのはスリーサイズくらいである。

「ふむ、好きなものは購買のカレーパンといちごミルク。……ヘンな組み合わせだな。いや、それはともかく彼女は食堂ではなく、購買を利用している可能性が高い」

「食堂は三つあるけど、購買は地図で見ると一つだね！」

「あぁ。早く向かおう」

わずかに歩調を速める景光の腕に「えいっ」とミステリオーサが自分の腕を絡《から》める。ぎゅむと押しつけられた豊満な胸の感触に反応して、景光がぶんと彼女の腕を振り払った。

「いきなり何をするッ！」

「こんな機会もうないかもしれないんだよ？　大学生カップル気分味わっちゃお？ね？」

「ね、じゃない！　これは任務なんだ！　気を引き締めろ！」

「まんざらでもないくせにー」

図星であった。胸を押しつけられて喜ばない男はいない。

「遊んでいる暇などない！」

「遊びじゃないよ。ボクは本気だよ？」

頻《しき》りに腕を絡ませようとしてくるミステリオーサを振り払い続けて、構内を進むこと数分。

「……見ろ、あれだ」

景光は購買部のある厚生棟の入り口付近で足を止めた。

一般的なコンビニ程度の広さを持つ購買部は生徒たちでごった返していたが、レジに並ぶ列の前から三番目に今回の依頼主――三国ヶ丘御子の姿があった。

「茶髪に蝶《ちょう》の髪飾り、鋭い目つき、あの威圧感。資料どおりだね！　でも――」

「あぁ。友人と一緒らしいな」

小柄な女子生徒が御子にくっついて何かを頻りに話しかけている。全体的に華奢《きゃしゃ》な御子とは違って、スカートから伸びた筋肉質な脚やら日焼けした褐色の肌がいかにも体育会系っぽい見た目の女子生徒だ。

「緑色のリボン……一年生かぁ」

景光が足を止めたのをいいことに、彼の腕に自分の腕をがっちり絡ませるミステリオーサ。

あの女子生徒が何年生でも構わないが、問題は御子にべったりとくっついていることだ。

彼女を御子から引き離さないと、作戦に移れない。

（何か策はないか……？）

景光はミステリオーサに腕を許すまま思考を巡らせる。もう抵抗することは諦めた。

御子とその友人らしき女子生徒がカレーパンといちごミルクを買って購買を出る。

「いやぁ、やっぱり昼はカレーパンといちごミルクの組み合わせに限るっスよねぇ！」

「最初は『何それ？』って思ったけど、案外イケるわよね」

「でしょでしょ⁉　じゃあ私、友達と一緒に食べる約束あるんで教室に戻るっス！　また放課後にっ！」

購買を出るなり、短い会話を交わして御子の友人が一人で教室棟の方へと戻っていく。

購買部の入り口付近で佇《たたず》んでいた景光たちはその姿を見送りつつ、ニィと不敵に口角を吊《つ》り上げた。

「行くぞ、ミステリオーサ」「あいあいー」

小声でコンタクトを取った景光たちは【標的】がこちらに向かってくるのを静かに待つ。

いよいよ彼らと御子がすれ違おうというその瞬間、

「――悪いが、急務だ」

直後、景光は彼女の右ふくらはぎを目掛けて足払いを繰り出した。

いきなり足払いを受けるなどつゆも思っていない御子は「へ⁉」と素《す》っ頓狂《とんきょう》な声を漏らしながら、盛大にバランスを崩す。

「ミステリオーサ！」「ほいさぁ！」

転びかけた御子の身体をぎゅっと抱きしめて持ち上げるミステリオーサ。この辺りの連携は長年タッグを組んで培《つちか》われた賜物《たまもの》である。

「え⁉　何何何っ⁉」

足をばたつかせて抵抗する御子だが、彼女の脚は地から浮いており虚《むな》しく空を切るだけ。

「正門前にタクシーを手配してある」

「さすがみっちゃん！　準備いい！　素敵！」

「さすがじゃないし！　というか何⁉　離せってば！　ちょっとぉッ！」

　そのまま景光たちは人通りのまったくない校舎裏を走り抜け、ものの二分ほどで正門の前まで戻ってきた。予定通り、そこには一台の黒いタクシーが停《と》まっている。

「よし、もう自分で歩いていいぞ」

　景光の指示でミステリオーサは御子を地面へと降ろす。

　何も告げられず連れてこられた御子は当然怒り心頭だ。

「一体何なのよアンタらはッ！　私服ってことは大学生ね⁉　何学部よ⁉」

　ふーふーと鼻息を荒くしながら拳を固く握りしめる御子に、景光はふっと小さく笑みを浮かべて、シャツの胸ポケットから名刺入れを取り出した。

「俺たちは鳴山学園大学の生徒ではない。――こういう者だ」

　差し出された名刺を乱暴に奪い取り、御子がそれに視線を落とす。瞬時、彼女は名刺に記された組織名を見てゆっくりと顔を上げた。

「え……ス、ストレイシープ、第四小隊……？」

「――あぁ。俺たちが今回の護衛任務を担当する。以後、よろしく頼む」

＊＊＊＊＊＊＊＊＊

タクシーに揺られること一〇分。

会計を済ませて黒塗りのクラウンを降りるなり、景光たちはゴクリと大きく息を飲んだ。

「何だこれは……」「すご……」

名家の令嬢とは聞いていたが、三国ヶ丘邸の規模感は二人の想像を遥《はる》かに超えていた。

鳴山学園高校の正門ほどの大きさはありそうな巨大な鉄門扉《もんぴ》の向こう側には、白い玉砂利を敷き詰めた一本道が続いており、その奥に瓦葺《かわらぶき》の和風豪邸がどんと軒を構えている。

何より衝撃的なのはその立地。

この屋敷《やしき》があるのは高層ビル群が聳《そび》え立つ都会のど真ん中である。この一等地に個人宅が建っているという異常な状況に開いた口が塞がらない景光とミステリオーサだ。

「何？　ぼさっとすんなし」

驚愕《きょうがく》する二人にため息を吐《つ》いた御子は、二人を屋敷の中へと案内する。

御子の背中についていき、景光たちが連れられたのは洋風の客間。

「ちょっと待ってて」

ソファに座りながら待つこと数分。御子がトレーの上に紅茶が入ったカップを二つと茶菓子のクッキーをのせて客間へと戻ってきた。

いかにも高級そうな白檀《びゃくだん》のテーブルを挟み、景光たちの対面のソファに腰を下ろす御子。

「紅茶でいいわよね？」

「あ、あぁ、いただこう。だが……本題に入る前に一ついいか？」

「何よ？」

「学校の方は勝手に抜けてきてよかったのか？」

「はぁ!?」

部屋に御子の甲高《かんだか》い狼狽《ろうばい》の声が響き渡る。

「む。みっちゃんの言う通り。クラスメイトとか心配しない？　学校には連絡入れた？」

「絶対それアンタらが言うセリフじゃないでしょ!?　もう担任には連絡したから！」

「仕事が早いな。助かる」

「手荒なのよ、やり方が！　ＳＰってのは皆こんなのなわけ？」

御子は肩にかかった長い茶髪をさらりと払って、呆れた瞳で景光を見据える。

景光は重い空気を払拭《ふっしょく》するため、話題を変えた。

「これから長い付き合いになるわけだし、まずは自己紹介しておこう。俺は衣良景光。ストレイシープに入社しておよそ四年になる。出身は東京だ」

「あぁそう。よろしく」

第一印象が最悪なだけあって御子の返答も素っ気ない。景光の自己紹介を聞き流しつつ、購買で買ってきたカレーパンを食べながら、それをいちごミルクで胃に流し込む。

ミステリオーサも「はいはーい！」と元気よく義手の右手を上げて景光に続く。

「ボクはミステリオーサ・スキラッチ！　ボクもストレイシープに入ったのはざっくり四年前かな。出身はねー、サグ・マリア！」

「サグ・マリア……⁉」

御子がびくりと身体《からだ》を強張《こわば》らせる。サグ・マリアは世界でも有数の治安の悪さを誇る街だ。その悪名は一般人の間でもよく知れ渡っている。

「あ、知ってるんだサグ・マリア！　名物は殺人、強盗、麻薬取引、強姦《ごうかん》、人身売買！ところでほら、ボクってかわいいでしょ？　こんな見た目だからサグ・マリアでは結構襲われかけたりしてたんだけど、返り討ちにして捕らえた男らのキ○タ――」

「すまない、黙らせる」

景光が慌ててミステリオーサの口を手のひらで塞ぐ。名家のお嬢様に聞かせるにはあまりにも刺激が強い内容だ。景光のファインプレーで『捕らえた男らのキ○タマをくるみ割り器で粉砕するのが楽しい』と続くはずだったアレ過ぎる発言は阻止された。

紅茶を一口飲んでから、景光は「さて」と口を開く。

「まずはこちらが事前に仕入れている情報と事実関係をすり合わせておきたい」

「事前に、仕入れてる……？」

目を丸くする御子を一瞥《いちべつ》してから、景光はバッグの中から三枚の紙資料を取り出す。

「氏名、三国ヶ丘御子。母の明菜《あきな》氏と父の京志郎《きょうしろう》氏は一〇年前に離婚。以降、京志郎氏に育てられるが一年前に死別。現在は三国ヶ丘家当主。間違いないか？」

御子は一瞬、伏し目がちに俯《うつむ》いて口を閉ざす。

しばらく間をおいて、ずずと紅茶を啜《すす》ってから、淡々と平坦《へいたん》な声色で言った。

「ええ。お父さんは交通事故で亡《な》くなったわ」

「そうか。その……嫌な記憶を蘇《よみがえ》らせたなら、すまない」

「別に謝らなくていいから。続けなさいよ」

「二年前までは使用人も三人いたが、経済的な理由で解雇」

「そうね。お父さんが始めた新事業が失敗してね。資産はほとんどなくなっちゃった。とても人を雇える状況ではなかったわ」

第一印象はただの気の強そうな女子高生だった。だが〝そう見えている〟だけだ。誰にも見えないところで、一人の女子高生が背負うには大きすぎる過去を抱えている。

「……ＯＫ。もう十分だ」

景光は紙資料をバッグにしまって、何か明るい話題はないかと考えながら部屋の中を見回す。すると、彼の視界に一枚の写真立てが映り込んだ。

鳴山学園高校の制服に身を包み、マイクを握る御子が友人らしき女の子と共に満面の笑みを浮かべている写真。

「あの写真はなんだ？」

御子は沈んだ表情を一転、パッと花が咲いたような明るいものへと変える。

「いい写真でしょ？　アタシ部活で軽音やってんだよね。隣に写ってるのはギター担当の後輩。部員二人だけなんだけど、結構楽しくてさ」

ようやく御子が笑顔を見せた。写真をよく見れば、ギター担当の後輩は先ほど購買で御子にべったりとくっついていた女子生徒であった。

「そうか。楽しいのなら何よりだ」

ホッと安堵《あんど》して景光は頬を緩ませてから、紅茶を口に運ぶが――

「……でも、それだけよ」

ふと御子の表情に暗い影が差した。

「軽音やってる時だけは楽しいけど、その時だけ。親が離婚してからはいいことなんて一つもなかったわ」

彼女の妙に達観した面持ちがチクリと景光の心を刺す。

つらい過去を抱えているのは彼女も一緒なのだ。だからこそ、景光は彼女にどんな言葉をかければいいのか分からなかった。

慰めだけでは暗い過去を拭えないことを、自分が一番知っているから。

しん、と静寂の帳《とばり》が室内に降りてくる。だが、その沈黙はすぐにミステリオーサの快活な声に破られた。

「なーんだ！　ボクらと一緒じゃん！」

空気を読めと言わんばかりにミステリオーサに肘打ちを入れる景光だが、彼女はクッキーをしゃくりと齧《かじ》ってから飄々《ひょうひょう》として続ける。

「ボクらも両親がいない。でもつらくないよ？　ここで言うには憚《はばか》られるくらい暗い過去だってある。でも、ボクにはみっちゃんがいる。みっちゃんにはボクがいる。御子ちゃんにも【ボクら】がいる。せっかくかわいい顔してるんだからさ、笑っていこうよ」

また室内が重苦しい沈黙に満たされる。

だが——

「……笑う、ね」

ふと御子が憑《つ》き物の取れたような微笑《ほほえ》みを浮かべてから、紅茶を啜る。

もうそこに先ほどの暗い自嘲《じちょう》染《じ》みた笑みはなかった。

意外だった。普段はミステリオーサがかき乱した場を景光が鎮静させることが多いが、今御子の心を穏やかにさせたのは間違いなくミステリオーサだ。

内心でミステリオーサへの見方を改める景光だったが、

「あ、でも、ボクの方がかわいいからね？　御子ちゃんでは足元にも及ばない感じ」

「あァ⁉」

悪党でも怖気《おじけ》づくようなドスの利いた声と共に、カチャンとカップをソーサーに戻す御子。「あぁ……」と嘆かわしい声を漏らして景光がガクリと俯いた。

やはりミステリオーサは今日も今日とて通常運転である。

そんな一幕のあと、景光たちは御子に案内されて屋敷の地下へと向かっていた。

ミステリオーサの失言で緊迫感が増した空気を景光が治め、ようやく本題に入った次第だ。

御子が一枚の扉の前で立ち止まり、その脇にあった液晶パネルに番号を打ち込んで解錠する。扉の向こうには地下へと続く階段があり、先を見通せないほどの闇が続いていた。

「この奥に狙われているという宝物があるのか？」

景光が尋ねると、御子は振り返ることなく歩みを進めながら「もう少しよ」と返す。

しばらく階段を降りると、景光たちは開けた空間へとたどり着く。コンクリートが打たれた壁に囲われた小部屋の中央で【宝物】は保管されていた。

「これよ」

ガラスケースの中、台座の上に収められていたのはトップに群青《ぐんじょう》色の宝石があしらわれたネックレスであった。

「これは……ネックレスだね？」

首を傾《かし》げるミステリオーサに、御子は「ただのネックレスじゃないから」と不敵に微笑んでガラスケースを取り外す。

「三国ヶ丘家が商《あきない》を始めて一二〇年になるけど、初代当主から代々守られ続けてきたネックレスなの。歴史的価値も加味すれば……うん、八億はくだらないはずよ」

「八億ぅ⁉」「八億だと……⁉」

ごくりと大きく固唾《かたず》を飲む景光たち。

その昔、三国ヶ丘家といえば日本に広く名を知らしめる菩提家、万願寺家に並ぶ名家であった。その家系が守り続けてきた装飾品であれば、その価値があるのも頷《うなず》ける。

「敵が狙っているのはこれってわけ」

「なるほど。事情は分かった」

景光は頷く。だが、一つ引っかかっていることがある。

――脅迫状だ。

オリエンタル・ファミリーは御子に対してネックレスを奪うことを宣言した。

だが、それは御子に警戒心を植えつける行為だ。敵にとって利がある行動とは思えない。

「御子ちゃんさぁ、こんなの持ってるから敵に命狙われたりするんだよ。これ売り払っちゃえば今回の依頼って解決なんじゃないのー？　いのちだいじに、だよ」

景光の思考を遮るように、ミステリオーサが口を開く。

暴論に近い意見だがある意味、的を射ている。

「考えたことはあった。でも……できないわよ。だって、これは三国ヶ丘家が大事に守り続けてきたものなんだから」

御子が決然とした表情と共に、拳を握りしめて小刻みに震える。

彼女の父は自身が営む会社が傾いても、これを売ろうとはしなかった。それほどにこれは三国ヶ丘家にとって大切なものなのだ。

御子の命と三国ヶ丘家の家宝を敵から確実に守る方法は一つしかない。

「なるほど。だとしたら、御子はこの家から出ない方がいいな」

淡々と告げた景光に、御子は「え……」と呆《ほう》けた声と共に寂しそうに目尻を下げる。

「俺たちは鳴山学園の生徒じゃない。もしお前が学校にいる時に襲撃が起こったら俺たちはお前を守る術がない」

景光は任務遂行の上で最も効率がいい方法を提案したつもりだった。だが、御子からの返答はない。

怪訝《けげん》な表情を浮かべる景光に、しばらく間を置いて御子が返した答えは――

「学校は……通いたいわ」

語調こそ消え入りそうなものだったが、彼女の瞳には強い意志が宿っていた。唇を真一文字に結んで言葉を噤《つぐ》んだ景光に、御子は続ける。

「学校に通わないと内申点が……いや、それだけじゃないわ。アタシはこれでも三国ヶ丘家の当主なの。たった一枚の脅迫状にアタシが屈したって世間に思われたくない。三国ヶ丘家を守る、たった一人の人間として」

鋭い瞳で景光たちを見据える御子。

今、三国ヶ丘家を守る人間は彼女しかいない。どうやらその血筋の人間としての矜持《きょうじ》があるようだった。

どうにか彼女を納得させられる言葉を探す景光だが。

「それに……アタシにはこの身を守る術《すべ》がある」

景光の思考を遮るように、御子が妙なことを口にした。

「どういう意味だ？」

「今見せる」

御子が短く息を吸い、右の手のひらを上に向けたその瞬間。

――彼女の手のひらから透明の球体が生み出され、音もなく宙に浮き上がった。

「「これは……!?」」

景光とミステリオーサが驚きの声を上げるや否《いな》や、浮遊していた球体が弾《はじ》けて跡形もなく消え去る。

「御子、お前は……異能持ちなのか？」

恐る恐る尋ねた景光に、御子は普段と変わらないあっけらかんとした口調で答えた。

「ええ。アタシ、あの球体の中に自分の未来を映せるの」

＊＊＊＊＊＊＊＊＊

三国ヶ丘邸をあとにした景光たちは近くの喫茶店に来ていた。

暗めの照明の中で静かにクラシックが流れるオーセンティックな喫茶店。

だが、店内で一人だけ決定的に『空気を読むスキル』が欠如している者がいた。

ミステリオーサである。

「こちら、クリームソーダになります」

今しがたやってきた注文の品に、黄色い声を上げるミステリオーサ。

「何これぇ！　マジ映《ば》えるんだが⁉　連写不可避！」

ただでさえ日本人離れした容姿のミステリオーサだ。そんな彼女が金切り声にも似た歓声を響かせれば嫌でも他の客の視線は集まるが、気にしている様子はない。

「うへへ……映えるよ、これ。映える……！」

今しがたやってきたクリームソーダをスマホで連写。落ち着いたクラシックの音色をかき消すシャッター音一〇発。ふんふんと鼻歌を奏《かな》でながらスマホをいじるミステリオーサに景光は冷めた視線を送りつつ、御子の言葉を回想する。

〝アタシ、あの球体の中に自分の未来を映せるの〞

御子曰《いわ》く、自身に危険が差し迫った時にだけ球体にその姿が映るようになるらしい。

確かにあの異能があればある程度、敵の襲撃を予測することができる。

だが、彼女によれば異能で危険を察知できるタイミングはその事象が起こる数時間前から直前——つまり、正確に襲撃を予測することはできない。

「め、めっちゃうまコレぇ！　ちょ！　飲んでみて！」

ふと景光の思考を遮り、ミステリオーサがクリームソーダが入ったグラスをぺちゃ、と彼の頬へと押し当てる。

「いや、間接キスになるのでは……」

「草。そんなこと気にするの小学生までじゃん？」

頬を赤くする景光に一笑するミステリオーサ。

だが、恥じらうのは仕方ない。何せ交際経験ゼロ、守りたくもない貞操を守り続けてきた景光だ。

「うん……うまい」

先ほどまでミステリオーサが吸っていたストローに恐る恐る口をつける景光。

「おいしいし、映えるしこれ絶対バズるよ⁉　SNS上げちゃお。……わ！　秒で五〇いいねついてるぅ！」

フォロワー四人の景光には信じられないことだが、目の前にいるこの少女は約三万人のファンを持つ覆面インフルエンサーであった。

どうやら日本のオタク文化に精通した外国生まれの少女というステータスが、SNS民の心を揺さぶるらしい。

だが悲しいかな、中身は平然と人を殴り殺す撲殺系サイコ女。

「フォロワーがお前の中身知ったら絶望するだろうな……痛ァっ！」

爆速で増える『いいね』に冷めた視線を送る景光の足を、ミステリオーサのロリータシユーズが踏み抜いた。

「せっかく気分よくなってんのになんでそんなこと言うかなー。というか、難しそうな顔してどした？　コーヒー進んでないよ？」

「なぁ、ミステリオーサ」

こほん、と咳払《せきばら》いをしてから景光は真剣な面持ちでミステリオーサを見据える。

「ヤバい……プロポーズだ……」

「断じて違う。お前の意見が聞きたいんだ。ミステリオーサは今回の任務、うまくいくと思うか？」

「プロポーズじゃなかったぴえん……」

ガクリとミステリオーサは項垂《うなだ》れてから、ゆっくりと顔を上げて答える。

「正直ビミョーかな。だってあの異能、襲撃を予測するには精度が甘すぎるじゃん？　もし仮に正確に予測できたとしても、学校で襲撃が起こったらボクらすぐには助けに行けないよ」

じゅう、とミステリオーサがストローを吸うと、容器に注がれたソーダの嵩《かさ》が半分ほどになった。

「なるほど。同意見で安心した」

「あれ？　みっちゃん？」

「トイレだ」

呆けた顔のミステリオーサをよそに席を立った景光は個室トイレに向かう。

個室に入った彼は用を足すことはせず、制服のポケットからスマホを取り出した。

「学校に通わせつつ彼女を守るには……この方法しかない」

ぽつりと呟《つぶや》いて、景光は相手が電話に出るのを待つ。

『よぉ、景光ぅ。仕事は終わったかぁ？　あぁー？』

景光が電話を掛けた先は上司——キャサリン・ワトソン。

酒でも飲んでいるのか、とろんとした声色の彼女に景光は毅然《きぜん》とした口調で告げた。

「任務を遂行する上で、一つ協力願いたいのですが――」

mission2　アタシだけが知っている

御子《みこ》との初コンタクトを終えた二日後――午前七時三二分。

景光《かげみつ》とミステリオーサはキャサリンの指示で執務室へと招集されていた。

「一体何さ、こんな時間にぃ……」

寝ぼけ眼《まなこ》のまま文句を垂れつつソファに腰かけるのはミステリオーサ。自慢の金髪はぴょこんと飛び跳ね、部屋着はしわくちゃ。一方、その隣に座る景光はすでに洗顔を済ませ、珍しく髪にワックスなどをつけて準備万端といった様子だ。

「なんかさ、今日みっちゃん気合入ってる？　いつもと違くない？」

「そうか？」

「うん、違うよ？　全然違う」

ミステリオーサは訝《いぶか》しげな面持ちで、彼に顔を近づけていく。

「怪しいなー？　んんんんー？　…………………ちゅっ」

「ばっ⁉　急になんだお前はっ！」

突然の頬へのキス。

手で頰を払いながら狼狽《ろうばい》する景光をミステリオーサがけらけらと笑う。

だが、朝からこんなものを見せつけられたキャサリンは胸中穏やかではない。

「仲睦《むつ》まじいのは大変結構だがッ！　ミーティングを始めてもかまわないかァ？」

ドン！　と拳をテーブルに叩《たた》きつけてタバコのフィルターを噛《か》み締めるキャサリン。

恋人がおらず結婚を焦《あせ》る彼女にとって、景光たちの日常的なじゃれ合いは当てつけのようにしか見えない。齢《よわい》三〇。ナーバスな年頃である。

「……は、始めますか」

震えた声で返した景光たちに、キャサリンは憂いげなため息を零《こぼ》してからタバコに火を点《つ》けた。

「先日のヒアリングは改めてご苦労だった。それで分かった重要なポイントは二点だ」

キャサリンはポッと一つ、紫煙の輪っかを吐き出して続ける。

「まず一点目が、彼女が異能持ちであった点。そして、二点目が『このままでは護衛任務として成立しない』という点だ。特に重要なのが二点目だな」

寝ぼけたままぼけーっとするミステリオーサと、キャサリンの言葉に首肯する景光。

「御子の異能で襲撃のタイミングをある程度予測できるとはいえ、やはりそれに頼り切るのは危険だ。もっと彼女の身近で護衛任務を遂行する必要がある。そこでだ――」

ニィとキャサリンはいたずらっぽく八重歯を覗《のぞ》かせて、ミステリオーサへと視線を送る。

「なぜ私がこの時間にお前たちを起こしたか分かるか？」

「……嫌がらせ？」

「ハッ、大事な部下をそんな理由では起こさないさ」

ジト目のミステリオーサを一笑してから、キャサリンは執務机の後ろにあったロッカーから二組の制服を取り出した。

胸元に万年筆を模した校章が施された濃紺色のブレザー、深紅のネクタイ。グレーのスラックス。もう一組は同デザインのブレザーにチェック模様のスカート、目にも鮮やかな赤色のリボン。

ぽかんと口を開けるミステリオーサにキャサリンは、

「おめでとう。晴れてお前たちは今日から鳴山《なりやま》学園高校の生徒だ」

掲げた制服から顔を覗かせて、グッと親指を立てた。

「え？　え!?　それって……！」

半開きだった瞳を大きく見開いてミステリオーサがわなわなと唇を震わせる。

「言葉の通りだ。今日からお前たちには正式に鳴山学園高校に通ってもらう。すでに入学の手続きは済ませてあるから安心しろ」

「……ぼ、ボク、ＪＫになれるの？　マ？」

「マ、だ」

ニッといたずらっぽい笑みと共にキャサリンが答えたその時だった。

「ボクが……！　ボクがついに、ＪＫにっ……！　うわあああっ……！」

ミステリオーサの瞳からぽろ、と一粒の涙が大粒の雫《しずく》となって溢《あふ》れ出した。

やがてそれは大きな慟哭《どうこく》に変わって――

「びえええええええええっ！」

「お、おい！　これはあくまで任務だからな⁉」

「でもっ！　でもぉ……！　うれじくてぇ……！」

慌ててキャサリンがハンカチでミステリオーサの目元を拭う。だが、拭けども止め処《ど》なく溢れ続ける涙にキャサリンは困り顔だ。

「二人ともそろそろ準備を始めろ。ＨＲは八時四五分からだ。遅刻するなよ」

「うんっ……！」

しばらく経《た》って少し落ち着いたのか、ずびっと大きく洟《はな》をすすったミステリオーサは制服を受け取って執務室をあとにする。

「俺もそろそろ着替えてきます」

「あぁ。だが、少し待て」

部屋を出る間際《まぎわ》に呼び止められて、景光は不思議そうに小首を傾《かし》げながら振り返る。

「はい。何か？」

「今回潜入するのは一般的な私立高校だ。敵マフィア組織に忍び込むのとはわけが違う。言動や行動でクラスメイトから身分を怪しまれることがないように重々注意しろ」

キャサリンの忠告は至って当たり前のものだった。だが、なぜ今更になってそのような潜入任務の基本の『き』について教えを受けたのかが分からない。

「……えっと、心得ていますが」

「気をつけろ。お前、敵につく嘘《うそ》は上手《うま》くても味方につく嘘は下手くそなんだから」

＊＊＊＊＊＊＊

そのような紆余曲折《うよきょくせつ》を経て、景光とミステリオーサは鳴山学園高校へと向かう河川敷《かせんじき》を歩いていた。

景光がふと顔を上げると、川に沿って植えられた桜の木がこれからやってくる夏へ向けて緑々《あおあお》しい葉を茂らせているのが視界に映る。

「学校生活か……」

景光の脳裏に蘇《よみがえ》るのは【裁《さばき》】に入る数ヶ月前──中学一年生の春。

友達がいない暗黒の小学生時代を乗り越え、中学生活こそはと一念発起する彼。

勇気を出してクラスメイトに声をかけるも何を話せばいいのか分からず、彼は専門家すらも驚くほどに調べ上げたミリタリー知識を惜しげもなく披露した。

他に楽しい話題を提供できればクラスにも馴染《なじ》めたはずだが、生憎《あいにく》彼はゲームも漫画もスポーツも嗜《たしな》まない人種であった。

結果として入学三日後、彼についたあだ名が『孤独の軍曹』である。

無論、孤立した。今回ばかりは黒歴史を繰り返すわけにはいかない。

「みっちゃん、ついにボクらの学び舎《まなや》が見えてきたよっ！」

景光が視線を上げると、小高い丘の上に建った煉瓦《れんが》造りの校舎がいくつか目に入る。

あれが私立鳴山学園高校の校舎である。

「上機嫌に水を差すようだが、これは任務だからな。敵はいつどこに潜んでいるか分からないし、それに俺たちがストレイシープの構成員だとバレたらマズいことになるぞ。しっかりクラスに馴染まないと」

いつだって潜入任務で重要なのが、いかに『普通』を演じ切るかだ。

そのためにはある程度、鳴山学園高校という環境に順応する必要がある。

「すっすめー　われらーがー　なりやーまーがーくーえーん！」

「おい聞いてんのか」

「ほげぇ⁉」

どこで調べたのか、鳴山学園の校歌を熱唱するミステリオーサの額にデコピンを決める景光。赤くなった額を摩《さす》りながらも、ミステリオーサはへらへらと浮かれた顔だ。

「分かってるってー。ボクに任せて！」

豊満な胸を得意げに張るミステリオーサに疑いの目を投げかけてから、景光は校舎へと向かう足を速める。

鳴山学園高校までは、もう間もなくだ。

＊＊＊＊＊＊＊

鳴山学園高校にたどり着いた景光たちはキャサリンの指示通り、まず職員室へとやってきた。

景光が三回のノックのあと、ゆっくりと職員室のスライドドアを引き開ける。

「こ、ここが職員室ッ……！　実在したんだ……！」

「おい迷惑だろ」

興奮気味の声を上げたミステリオーサの頭を一発叩いて、景光は室内を見渡す。

中では先生たちがデスクに向かって頻《しき》りにPCのキーボードを叩いており、部屋の片隅に置かれたコピー機は忙しくA4のプリントを吐き出している。

職員室の入り口辺りできょろきょろしていると、ふと端の方のデスクで紙資料と睨《にら》めっこしていた女性教員が「あ！」と声を漏らして顔を上げた。

「おーっ、待ってたよ転入生たち！」

ニコニコしながら景光たちに歩み寄ってくる女性教師。

「遅くなりました。衣良《いら》景光です」「ボク、ミステリオーサ・スキラッチ！」

二人が挨拶すると、先生はうんうんと満足そうに頷《うなず》いた。

「ようこそ鳴山学園へ！　私が君たちの担任の油野春乃《ゆのはるの》です。よろしくね」

「うん！　よろしく！」

ミステリオーサの快活な声が響き渡る。さっそく景光の懸念《けねん》が見事に的中した。

「ばかっ、敬語を使え」

景光がミステリオーサに耳打ちすると、油野先生は「あははっ！」と笑い声を上げて、首を横に振った。

「大丈夫だよー。みんな私のこと『春乃ちゃん』とか『ゆのっち』とか呼ぶし！」

懐《ふところ》の広い先生でよかった、と安堵《あんど》して景光は改めて油野先生を見やる。

丸っこい顔に後ろで束ねた黒髪のポニーテール。くりんとした大きな瞳に、笑うとうっすら浮かび上がる笑窪《えくぼ》。ベージュのスラックスに爽やかな白色のシャツ。生徒から好かれそうなふんわりとしたオーラを纏《まと》う女性だ。歳《とし》は見たところ二〇代後半。

「ゆのっちは何の先生なの？」

さっそくフランクにあだ名で呼ぶミステリオーサに、油野先生はデスクの上にあった化学の教科書を手に取り、それを景光たちへと向ける。

「私は化学だよー。ところで、二人は時川《ときがわ》学院からの転入生なんだよね？　えっと、ミステリオーサさんは日本に来て日が浅くて……衣良くんは付き人……なんだっけ？」

不思議そうに首を傾げる油野先生に、景光は「はい」と短く答えて首肯する。

景光たちは今回、時川学院という鳴山学園の姉妹校からの転入生ということになっている。さらにいえば、ミステリオーサは海外から時川学院に入ったお嬢様で、景光は高校生にして彼女の用心棒という追加設定付きだ。

「お嬢様に用心棒って本当にあるんだねー、そんな世界」

「要はアルバイトのようなものです。スキラッチ家に勤めながらミステリオーサをお守りしつつ、勉学に励んでいます」

「すごいすごい、漫画みたいだ！」

パチパチと拍手しながら瞳を輝かせる油野春乃。今のところ疑われている様子はない。

「無理を言ってクラスも同じにしていただき、ありがとうございます」

「大丈夫大丈夫！　生徒たちには安心して授業を受けてもらうのが大事だし！」

深々と頭を下げる景光に、油野先生が親指を立てて笑う。

目の前にいる二人が裏社会で活躍するマフィアの一味であることなど知る由《よし》もない。

先生はパン！　と大きく両手を打ち、ニッと白い歯を覗かせて微笑《ほほえ》んだ。

「じゃ、そろそろ行こっか、みんなが待つ教室へ！」

――――

――……

ところ変わって、二年三組の教室。

あのハチャメチャな護衛二人が入学してくることなど知らず、三国ヶ丘《みくにがおか》御子はイヤホンで音楽を聴きながらスマホをぽちぽちしていた。

（あ、この曲いいかも。チェックしとこ）

ＭｅＴＵＢＥで偶然見つけた曲に高評価をつけて、彼女は机に置かれたいちごミルクの紙パックを手に取り、ストローに口を運ぶ。

お気に入りの音楽を探しながら、朝に購買で買ったいちごミルクを飲む――それが彼女のモーニングルーティンであった。

そんないつも通りの平和な朝を送っていると、

「はーい、ＨＲやるよー、席ついてー」

（……あれ？）

いつもより数分早く油野先生が教室に来た。

普段であれば、チャイムが鳴った数分後にぜえぜえいいながら教室に来るはずなのに。

御子は訝《いぶか》しみながらもワイヤレスイヤホンをケースにしまう。

「あれぇ！　先生いつもより早いじゃん！」「いつも遅いのに！」

クラスメイトから投げかけられた声に、油野先生はふっと鼻を鳴らしてから、わざとらしく後ろ髪を爽やかに手で払う。

「実は早く来たのには理由があってね。なんと今日はっ！　この二年三組にっ！　転校生が来ますッ！」

おおお、とざわめく教室。予想通りの油野先生は気分よさげだ。

「しかも二人！」

「「おおおッ！」」

「しかもイケメンと美女！」

矢継ぎ早に放たれる朗報に、教室は男子の歓声と女子の黄色い声で埋め尽くされる。

一方、クールに表情一つ変えず教室最前列でいちごミルクを啜《すす》るのは御子だ。

(ま、どーでもいいけど)

別に転校生が来ようが、御子の生活は変わらない。

いつも通り午前の授業を受けて、一人で昼ごはんを食べて、午後の授業が終われば部活に行くだけだ。

「では、ご登場です！　どーぞーっ！」

先生の声に、生徒たちの期待は最高潮まで高まる。

わずかに間を空けて、教室に現れたのは——

「ぶぼおおぉ!?」

入室してきた二人を見るや否《いな》や、御子は口に含んだいちごミルクを噴き出した。

ここで初めて転校生が景光とミステリオーサだと知った御子である。

御子の異能で未来を視《み》ることができるのは自身に危険が差し迫った時だけだ。

つまり、彼らの入学は未来視の異能でも予測できなかった、完全なる想定外。

御子は机に噴き散らかした薄ピンク色の液体をハンカチで拭いながら、景光に困惑と怒りの視線を送る。

（なんでここにいるのよ⁉）

景光から（あとで説明する）とでも言いたげに返ってきた視線に、彼女は苛立《いらだ》たしげにぐしぐしと茶髪をかきむしった。

「かわいいー、留学生？」「金髪きれい……」「めっちゃ小顔！　うらやま……」

景光たちの姿を見るなり生徒たちからざわめきの声が上がる。その喧騒《けんそう》のほとんどはミステリオーサへの賞賛。

それに混じって時々聞こえるのは「イケメ……ン？」「中の上くらいじゃない？」「いや、中の中でしょ」といった声。油野先生がハードルを上げたせいで主に女子から顔面偏差値を見定められている景光である。

（やつらの問題は見た目じゃないのよ……！）

ギリリと歯ぎしりする御子をよそに、景光は教壇に上がって自己紹介を始める。

「時川学院から転校してきた衣良景光です。期待感と緊張感で胸いっぱいですが、早く皆さんと仲良くなれたらと思っています。どうぞよろしくお願いします」

景光が頭を下げるとパチパチと控えめな拍手が起こった。

続いてミステリオーサが「はい！」と義手の右手を上げて皆の注目をかき集める。

「ミステリオーサ・スキラッチでーす！　ボクもえっと……時川？　学院からやってきましたー。よろしくね！」

パチンとウインクを飛ばすミステリオーサ。問題児が自己紹介を乗り切り、ホッと安堵する御子。自分の子供が授業参観で何かやらかさないか心配でたまらない親の気持ちだ。

……その矢先である。

「でもこれだけじゃつまんないし、今からみんなの質問を受けつける時間にしまーす！」

「ミステリオーサ⁉」「ミ、ミステリオーサちゃん⁉」

景光と油野先生が目を剝《む》いて、驚愕《きょうがく》の声を上げた。

（何余計な事言ってんのよ、あのバカ！）

わなわなと唇を震わせつつ、御子が拳を握りしめる。

「お前いけよ」「俺⁉」などとまた盛り上がりを見せる生徒たち。しばらくざわめく教室だったが、その喧騒を裂くように一人の女子生徒がすっと手を挙げた。

「あぁ！　みんな焦《あせ》らないで！　順番にお願いしまぁーす！」

（一人しか挙手してないのよ！）

　心の中でミステリオーサにツッコミを入れる御子。

「ミステリオーサさんの出身はどこですか？」

　女子生徒からの質問にうんうん、とミステリオーサは大きく頷いて。

「ボクはねー、サグ・マリア！　知ってる？　殺人、強盗、麻薬取引で有名なあの」

（ああああああああああああああッッッ！）

「だああああああああああああッッッ！」

　御子が内心で悲鳴を上げたと同時、堪《たま》らず景光も声を上げて続きを遮った。

「さ、殺人？」「ヤバくない？」などと生徒たちがざわめき、不穏な空気が漂い始める。

「すまん！　こいつなりの冗談なんだ！」

「むぐむぐ」

　咄嗟《とっさ》に景光がミステリオーサの口を手で塞いで場を凌《しの》ぐ。

（ああもう！　何とかしなさいよ景光！）

　御子がアイコンタクトを送ると、景光はミステリオーサに何かを耳打ちして、そっと手を離した。

「ぷは……失敬失敬！　ボクの出身はヴェネチアだよ！　ビックリさせちゃったかな？」

そういう設定でいくつもりらしい。

ちろりと桃色の舌を覗《のぞ》かせながら小悪魔的な微笑みを見せるミステリオーサ。

「よかったー」「あの見た目でサグ・マリア出身はないでしょ」「多分ヴェネチアの名家のお嬢様とかだよ！」「冗談キツいわー」

生徒たちから上がる声を聞くに、どうやら信用してもらえたようだ。

「他に質問ある人ーっ！」

ミステリオーサが次の質問を募る。

（もう誰も何も喋《しゃべ》んな……）

祈る御子だが、現実は無情。スッと教室の隅の方から次の手が挙がった。

（田中《たなか》ァ～～～～ッ！）

勢いよく挙手したのは野球部のお調子者、田中。自称クラスのムードメーカー。自慢のギャグがよく滑ることに定評のある、田中。

「二年三組男子を代表し、俺が訊《き》きます。ずばり――好きな男性のタイプは？」

瞬間、教室内の男子連中に緊張が走った。

好きなタイプが自分と似ていたらいいな……とは男子たちが抱く淡い期待である。

合格発表で自分の受験番号を探す受験生のような面持ちの男子たちだったが、

「好きなタイプ？　みっちゃんかなー、やっぱ」

彼女の回答はどの男子も想像していないものだった。

「おい、ミステリオーサ⁉」

声を荒らげる景光だが、ミステリオーサは悪気もなさそうに「え？」と素《す》っ頓狂《とんきょう》な声を出して首を傾《かし》げる。

「み、みっちゃん？」

頭上に『?』マークを浮かべて固まる田中に、ミステリオーサは豊満な胸を張ってハッキリした声量で宣言した。

「そう！　ボクの隣にいる衣良景光くん！」

ニィと白い歯を覗かせながらミステリオーサが景光の頰をつんつんつつく。

「ちょ、やめろ！」

景光が彼女の手を払うが、クラスメイトたちからは美女とフツメンが馴《な》れ合っているようにしか見えない。当然、景光は男子たちからヘイトの目が向けられる。

「ボク、好きなタイプわかんない！　みっちゃんしか見えないから！」

淡い希望を粉々にされた男子連中から漂うのはお通夜《つや》みたいな雰囲気。

HR終了のチャイムが鳴ると同時、油野先生は「じゃ、じゃあ仲良くしてあげてくださーい」と言い残して逃げるように教室をあとにした。

（あとで文句言ってやる……！）

先生が去った後も漂う絶望的な空気の中、静かに怒りの炎を燃やす御子であった。


————

……


午前中四コマの授業を終えて迎えた昼休み。

四限目終了の挨拶を終えると教室内には昼休み特有の弛緩《しかん》した空気が流れ始める。

鳴山学園高校では生徒のほとんどが食堂や購買を利用するため、今教室に残っているのはクラスメイト一〇名程度だ。

「……よし、終了だ」

板書をノートに書き終えた景光はうーん、と伸びをしてから離れた席に座るミステリオーサへと目を向ける。そこには五人ほど男女が集まっており、昼食もとらずに前のめりになりながらミステリオーサに何か話しかけていた。

(何とかクラスに馴染《なじ》みつつあるな……朝は肝を冷やしたが)

朝のＨＲの一件で完全に変人の烙印《らくいん》を押されたものだと思っていたが、転校生というステータスと美少女というルックスがそれを防いでいた。

(とにかく俺も早くクラスに馴染まないと……)

ミステリオーサをぼうっと見つめていると——

「ねえねえ、衣良くん……だっけ？」

景光が顔を上げると、そこにいたのは二人の女子生徒。一人は何やらキラキラとした眼《まな》差《ざ》しで景光を見つめ、もう一人は手をモジモジさせながらなぜか視線を泳がせている。

「そうだが……昼食に行かなくて大丈夫なのか？」

景光が問うと、モジモジしていない方の女子生徒はバッと手のひらを前に突き出して小さく鼻を鳴らす。

「大丈夫大丈夫！　用事済んだらすぐ行くし！　てか、よかったら一緒に食べる？」

こてんと首を倒して、ニッと微笑《ほほえ》む彼女。

(一緒に昼食か。まあ、クラスメイトと親睦を深めるにはいいイベントだ)

任務を成功させる鍵はこの学校に順応することだ。食事の誘いを断って最初の印象を悪くするわけにはいかない。

「あぁ、ぜひ。よかったらミステリオーサも誘ってやってくれないか？」

「もちろん！　あ、私、学級委員長の山田唯奈《やまだゆいな》ね！　で、隣にいるのが美化委員の――」

「は、春木織江《はるきおりえ》ですっ！」

山田に紹介されて、春木織江は慌てておかっぱ頭を下げる。すると春木が掛けた丸メガネが勢い余って景光の方へと吹っ飛んできた。

「……っと」

飛んできたメガネを指で摘まんでキャッチした景光は、そのままそれを彼女に返す。

「わわわっ！　すみませんすみませんっ！」「反応速度エグっ⁉」

赤べこのように頭を下げ続ける春木と、景光の反射神経に驚愕する山田。

（マズい……つい人並外れた身体能力を発揮してしまった……）

一般生徒のふりをしながら御子を護衛しなければならないこの任務。欠片《かけら》でも疑われるような行動は避けなければならない。

「す、少しだけ反射神経の方は自信があってな。……で、何か用か？」

「あぁ、そうそう！　あのね、織江ちゃんがなんか衣良君と話したそうにチラチラ見てたからお手伝いしてあげようと思って！」

「よ、余計なことは言わなくてもいいんですよ！」

春木がべしっと山田の背中を叩《たた》いてから、メガネを掛け直して姿勢を改める。

「私、昔から友達が少なくて……でも二年生になったし、ちゃんと頑張って友達作ろうと思って……そのぉ」

喋るにつれてまっすぐ伸ばした春木の背筋が気弱に曲がっていく。

景光に声をかけるか迷っていたところを山田に背を押された、という構図らしい。

「なるほど。友達が少ないのは俺も一緒だ。話しかけてくれて嬉《うれ》しいよ」

景光がニコリと笑うと、春木は不安げな顔をパッと明るくして照れ臭そうに微笑む。

「ありがとうございますっ！　え、えっと、それじゃあ……衣良君はどこ出身なんですか？　時川学院から来たってことはやっぱり東京ですか？」

「俺は」

――葛飾《かつしか》区出身だ。そう続けるつもりだったが、寸でのところで踏みとどまった。

春木の言う通り東京出身で間違いないが、裏稼業《かぎょう》を始めてからは一度も東京に帰っていない。最近の東京のことなどほとんど知らないのだ。『今東京で流行《はや》っているもの』などの話題になれば一瞬で詰む。

（まだ嘘《うそ》をついた方がマシか……）

そう判断した景光はニッと作り笑いを浮かべて返答する。

「ミステリオーサと同じヴェネチアだ。両親が仕事の関係でそっちに住んでいてな」

「あ！　だからミステリオーサちゃんと仲いいんだ！　じゃあ、イタリア語とか話せちゃったり？」

ずいと前のめりになって目を輝かせる山田に、景光はコホンと咳払《せきばら》いを挟んで。

「簡単なものなら。Io mi chiamo Kagemitsu Ira. Piacere.――衣良景光です、よろしくといった具合だな」

「やばっ、カッコよ！」

パチパチと拍手しながら感嘆の声を上げる学級委員長の山田。以前任務のために少しだけイタリア語を齧《かじ》っていたのが効いた。

（一応信じてもらえたか？）

ホッと胸を撫《な》でおろす景光にさらなる質問が飛んでくる。

「あ、あの！　イタリアのことで少し尋ねたいことが……！」

「ど、どうした？」

妙に真剣な面持ちで迫る春木に、ビクリと景光は肩を震わせる。

「秘密にしてほしいんですが、私、が、画家志望で……！　将来海外に絵の勉強とかしに行きたいなーとか思ってて！　それで、その……候補をイタリアにしようかと……！」

自身の秘密をほぼ初対面に等しい景光に吐露する春木。もちろん躊躇《ちゅうちょ》はしたが、自分の将来を真剣に考えて勇気を振り絞った彼女だ。

「イタリアについて知りたいのか？　具体的にはどこに行きたい？」

「フィレンツェとかを検討してて っ！」

「あぁ、あそこはいい街だ」

「ほ、ほんとですか⁉」

普段物静かな春木が興奮気味に声を上げる。

「そもそもイタリアは有名な画家が多いし、春木さんの言ったフィレンツェなんて、街全体が美術館みたいな荘厳《そうごん》な雰囲気だ。いい刺激になるだろう。あと何よりイタリアで素晴らしいのは……ピザがうまいことだ」

うふふ、あははと春木たちが笑う。オチもキマって内心ガッツポーズの景光。

「親が旅行好きでイタリア以外も少しは分かるから何でも聞いてくれ」

「えっと、それじゃあ、もう一つ留学先に検討してるところがあって！　サミュエルって街なんですけど……！」

その瞬間、景光の表情がピシリと強張《こわば》った。

「おお！　そこも芸術の街じゃん！」

うんうんと頷《うなず》く山田だが、サミュエルが芸術の街だったのは二一世紀初頭まで。

一年前、他小隊からの応援を受けてサミュエルに行ったことがあるが、今やあそこは芸術の街などではなくマフィア組織が牛耳《ぎゅうじ》る街だ。平和ボケした一般人が踏み込もうものなら一瞬で悪党たちの餌食《えじき》になってしまう。

「……あそこだけはやめておくんだ」

「え？」

急に険しい表情と深刻な口調で告げた景光に、春木がごくりと固唾《かたず》を飲む。

「でも、サミュエルって芸術の街……」

「昔はな。今はマフィア組織のアジトが立ち並ぶ危険な街だ。骨董《こっとう》品や芸術品が並んでいた市場も悪党の参入で窃盗品ばかりを売る泥棒市に成り下がっている。何も知らず旅行にでも行こうものなら……命の保証はできない——そういう街だ」

これだけ言っておけば春木もサミュエルを留学先から除外するだろう。

景光がそう思っていた矢先——

「なんか、詳しいね？　衣良くん……」

唖然《あぜん》としながら沈黙を裂くように山田が呟《つぶや》いた。

（しまった！　普通の高校生がここまでサミュエルを熟知しているはずがない……！）

ここでようやく自分が犯した失態に気が付いた。

「あー、その、なんだ……」

景光が口をパクパクさせて珍しく狼狽《ろうばい》していたその時——突如、教室のドアがバァンと勢いよく開かれた。

談笑していたミステリオーサたちや窮地に追いこまれていた景光が同時にそちらへと視線を向ける。

そこにいたのは、ビニール袋片手に肩で息をしながら景光たちを睨《にら》む御子だった。

「——ちょっとアンタら、こっち来なさいッッッ！」

＊＊＊＊＊＊＊＊

御子に連れられて、景光とミステリオーサがやってきたのは西館校舎の屋上。

ここは昼休みの時間だけ開放されており、購買で買ってきた昼食や家から持ってきたお弁当を食べる生徒で大盛況だ。

「ここならいいわ」

御子は辺りを見回してから、給水塔の裏の湿気《しけ》た石段に腰を下ろす。ビニール袋の中から彼女が取り出したのは、紙パック入りのいちごミルク三つとカレーパン三つ。

「ん」

御子はいちごミルクとカレーパンを一つずつ景光たちに差し出す。

「奢《おご》り!? ありがとーっ！ でも、なんでこんな人気《ひとけ》のないところでごはんなのさ」

「うるさいわねっ！ 自分の胸に聞きなさい！」

「すまないな。ところで、さっきは助かった。御子が連れ出してくれなかったら……」

「こっちは助かってないのよ！ あぁもうっ！」

悪態をついてからカレーパンを大口で頬張る御子。頬が膨らむほどの量のカレーパンを咀嚼《そしゃく》し、一気にいちごミルクで胃に流し込む。

「一体どういうつもりよ！ 鳴山に転入してくるなんて聞いてないわよ!?」

「でもボク転入できてうれしいよ？」

「アンタだけでしょ、うれしいのは！ というかアンタら一八歳って言ってたわよね！なんで二年に転入できるのよ！」

二人の間を割って入って景光が呟く。

「転入の手続きは上司が行ったが、おそらく年齢を偽ったのだろう」

「なんでそんなものがまかり通るのよ！」

「突然で悪かったが、この方法が最善だった」

「アタシには未来が見える異能があるって言ったはずよね⁉」

ギロリ、と御子がナイフのように鋭い視線で景光を見据える。

「じゃあその異能がある限り、絶対に自分の身に危険はないんだな？」

残りのカレーパンを口にしようとしていた御子の手が止まる。

「それは……分からないけど……」

「だったら、やはりこれが最適な手段だ」

押し負けたように唇を真一文字に結ぶ御子。その様子を見てようやく景光もカレーパンを頬張り、いちごミルクで流し込む。

「合わないな、これ。スパイシーと甘ったるさがミスマッチで絶望的にしんどい」

「奢ってもらっていうセリフじゃないでしょ⁉」

きゃんきゃんと吠《ほ》えられて景光は煩わしそうに顔をしかめてから、話を本題へ戻す。

「で、御子は俺たちに学校を出てほしいのか？　そうしたらお前は学校では敵に狙われ放題になるぞ」

「確かに学校に敵が現れたらどうしようもないけどさ……」

「分かってるじゃないか。そういうことだ。オーライか？」

　ぐぬぬと歯ぎしりをする御子だが、

「はいはい。オーライよ。ったく」

　ぐしゃりと一度茶髪を掻《か》いてから、観念したように両手を上げる。

「なんだ？　案外素直なんだな」

「どうせ止めてもアンタらは学校来るんでしょ？」

「あぁ。任務完遂に必要なことだからな」

　景光たちは任務のためなら何でもやる。この二日間で御子はそれを重々に思い知らされた。無許可での校内侵入、年齢を詐称しての転入――それらを平気でやってのける二人が簡単に引き下がるわけがない。

「ってことでこれからよろしくーっ！」

　ウインクを弾《はじ》けさせるミステリオーサに、御子はこれから始まる景光たちとの学校生活を想像して頭をもたげた。

「ほんとヘンなことやらかさないでよね!?　特にアンタ！」

「みっちゃん、言われてるよ？」

「いや今ミステリオーサを指差しながら言ってたぞ」

「ええ！　ボクじゃないよ！」

小競《こぜ》り合いを繰り広げる景光たちに、御子は空になった紙パックを握りつぶして吠えた。

「両方よっ！」

「ボクぅ⁉」「俺……？」

「景光はまだギリギリ理性みたいなのがありそうだからまだいいわ！　だけどミステリオーサ！　アンタはどう考えても異端児なのよ！　自己紹介でヘンなこと言うし！」

「ううーん、ウケてたと思うんだけどなー」

「どう補正したらそうなるのよ！　あぁ、もういいわ……頭痛くなってきた……」

カレーパンを口の中に押し込んで御子が立ち上がる。スカートについた埃《ほこり》をパンと手で払った御子はそのまま景光たちに背中を向けた。

「あれ？　ボクまだ食べてるよー？」

「そ。ゆっくり食べてていいから。アタシもう行くし」

御子が屋上を去る。歩くたびにふわふわと揺れる彼女の茶髪を見ながら「ありゃ、行っちゃった……」と零《こぼ》すミステリオーサ。

あくまで鳴山学園高校に転入したのは御子を護衛するためだ。

だから、御子の命と家宝を守り切り、敵を壊滅できれば任務は完遂となる。

だが——

「もう少し、歩み寄ってくれたらな」

消えた御子の背中を見つめ、ミステリオーサには聞こえないように呟く景光だった。

＊＊＊＊＊＊

鳴山学園高校での学校生活初日を終えて、景光とミステリオーサは三国ヶ丘邸の前まで来ていた。

「……よし。何も起こらなかったな」

胸をホッと撫《な》でおろす景光に、御子はどこか釈然としない表情だ。

「送ってくれなくてもよかったのに……」

「異能を過信するな。いつ何が起こるか分からないと思っておけ。あと、何かあればすぐに名刺の番号に連絡してくれ。すぐ駆けつける」

「分かったって。じゃあ、帰るから」

御子がひらりと手を振って、豪邸の正門を開ける。彼女が家の中に入ったのを確認して景光はうーん、と大きく伸びをした。

「とりあえず初日は終了だね！」

「……だな」

拳をこちらに向けてくるミステリオーサに拳を軽くぶつけ返す景光。

夕陽《ゆうひ》を反射させてオレンジ色に輝く川の脇道を歩きながら、景光は今日一日を回想する。

思い返してみれば、クラスメイトたちに不審がられるタイミングが何度かあった。

昼休みでの一幕もあるが、特に危なかったのは六限目の化学の授業——

『これはテルミット法といいまして、現代もいろんな技術に応用されているんですよー』

脳裏に蘇《よみがえ》るのは教壇に立って黒板に化学式を書いていく油野先生の姿。

『さて、このテルミット法ですが、現代では何に用いられているでしょうか？　……——衣良くん！』

『焼夷弾《しょういだん》です』

物騒なワードにしん、と教室が静まり返る。

『あ、あははー。それも正解なんですが一番有名なのは鉄道レールの溶接ですね！　衣良君、焼夷弾作ってたりして！』

油野先生が茶化して言うと教室からふつふつと笑いが起こった。ナイスフォローで何とか場の雰囲気が元に戻る。

『あ、焼夷弾で思い出したんですがもう一つ覚えてほしい化学反応があってー……でも、これは誰も分からないと思うので――』

『黄リンの自然発火ですか？』

淡々と答えた景光にまた教室に弓を張りつめたような緊張感が漂い始める。まさか答えられるとは思っていなかった油野先生の手からぽろりと白いチョークがこぼれ落ちた。

『衣良君、焼夷弾作ってる？』

『作ってないですね』

数時間前の失態を思い出し、景光の表情が険しいものに変わる。

景光は自分で思うよりも裏社会側の人間になっていた。普通の人間を演じようとしても、気を抜けば行動の随所に筋者の気が出てしまう。

「どしたの？　顔こわいよ？　笑ってこ？」

ミステリオーサが両手で景光の頬を引っ張り、無理やり笑みを作らせる。

「いをいきしへなへればとおほってな」

「日本語で大丈夫なんだが……」

「お前が頬引っ張るからだ！　気を引き締めなければと思ってな、と言ったんだ！」

何が面白いのかおなかを抱えて笑うミステリオーサだが――

「あのさ、鳴山学園に転入する作戦考えたの……みっちゃんだよね？」

ふと蠱惑《こわく》的な瞳を向けられ、景光の心臓がドクンと大きく脈打つ。

「……何の話だ」

ミステリオーサはニッと小さく笑ってから景光の進路を塞ぐように前に出た。

「だってみっちゃん、キャサリンに『鳴山学園高校に転入しろ』って言われても驚いてなかったじゃん」

思い返してみると冷静過ぎたかもしれない。最初から見抜かれていたのかと思うと、少しだけ気恥ずかしくなってくる。

「俺はいつでも落ち着いてるんだ」

「あはっ！　ホントみっちゃんってば仲間に嘘《うそ》つくの下手くそだなーっ！」

苦し紛れに誤魔化した景光だったが、それもすぐに一蹴される。

「分かるんだ、ボクには。いつだってみっちゃんの一番近い場所にいるのはボクだから」

ミステリオーサの柔らかな笑顔が夕陽に照らされて眩《まぶ》しく見えた。

彼女はいつでもそうだ。天真爛漫《てんしんらんまん》で、傲岸不遜《ごうがんふそん》。だけど、誰よりも衣良景光という人間のことを理解している。

「お前には、敵《かな》わないな」

景光は感嘆したように、ふと小さく笑みを零す。

「ところでみっちゃん、相棒と親交を深めておくべきだと思わない？　ボク、高校生になったら彼氏としてみたかったことがあるんだよね！」

「彼氏じゃないが……」

「彼氏みたいなもんじゃん？　放課後デートしよ、放課後デート！　駅前に『飲むわらびもち』の店ができたんだって！　今流行《はや》ってるらしいよぉ？」

ニヤニヤと景光を揶揄《やゆ》するようないたずらっぽい笑みを浮かべるミステリオーサ。この様子だとその『飲むわらびもち』とやらを飲むまで帰してくれなそうだ。

「……仕方ないな」

「やったぁ！　じゃ、しゅっぱーつ！」

「あ、おい！」

ミステリオーサが半ば強引に腕を組んでくる。幼い見た目に似合わない大きな胸が景光の腕に押し付けられているが、彼女はまったく気にも留めずに上機嫌だ。

「これから任務は本格化を迎えるだろう！　緊張と不安、様々な思いが景光の心に押し寄せる！　でも、時にはこうしてかのぴといちゃいちゃするのもアリじゃないか――そう思う景光であった！　ついでに『飲むわらびもち』も奢《おご》ってやろうと思う景光であった！」

「物語風に締めようとするな。あと勝手に奢らせようとするな」

＊＊＊＊＊＊＊

鳴山学園高校での学校生活を終えたその夜、事務所にて。

「失礼します」

三回のノックのあとそう告げて彼が執務室のドアを開けると、もう日付が変わっているというのにキャサリンがデスクでノートPCに向かっていた。

「ああ、景光か」

キャサリンがPCを閉じて、咥《くわ》えたタバコに火を点《つ》けると部屋の中が嗅ぎ慣れたラッキーストライクの香りで満たされていく。

「ミステリオーサはもう寝たのか？」

「ええ。ちょっと見てほしいものがありまして」

景光は懐《ふところ》から取り出した『コンセントタップ』をデスクの上に置く。

素人《しろうと》が見ればスマホの充電器にしか見えないが――

「……盗聴器じゃないか」

細く鋭い瞳を見開いて、キャサリンが珍しくその声色に動揺を滲《にじ》ませる。

「おっしゃる通りです。もう無効化してありますのでご安心を。これが見つかったのは鳴山学園高校二年三組の教室の中。俺とミステリオーサ、そして御子がいる教室です」

「……なるほど」

少しだけ間を空けてぽつりと呟《つぶや》いたキャサリンの青い瞳を見据える景光。

「オリエンタル・ファミリーの何者かが御子の行動を把握するために設置したものかと」

「そうだろうな。すぐそこまでもう魔の手は迫っている」

紫煙を吐き出してキャサリンが忌《い》まわしそうに表情を歪《ゆが》める。トン、と彼女はタバコを指で叩《たた》いて灰を落としてから、鋭い視線で景光を見つめた。

「オリエンタル・ファミリーは手練《てだ》れ揃《ぞろ》いだ。気を引き締めていけ、景光」

「――当然です。この任務、必ずや一人の犠牲も出さず完遂させます」

淡々とした口調で景光が返す。

だが、彼の面持ちにわずかに緊張の色が滲んでいるのをキャサリンは見逃さなかった。

「珍しいな。お前がそんな顔をするのは。表情が強張《こわば》っている」

「今回の任務は特に失敗してはならないのです」

御子の命と三国ヶ丘家の宝物を守る──それがこの任務の本質だ。

だがもう一つ、この任務で達成しなければならないものがある。

──ミステリオーサに、高校生活を全力で謳歌《おうか》してもらうこと。

ふと景光の脳裏に、いつか彼女が呟いた言葉が蘇る。

〝ボクほんとはさ……普通に学校に通って、友達と話して……そういうのに憧れてるんだよね｜。もう、無理なんだけどさ〟

彼女の人生は壮絶なものだった。

戦争で両親を失って孤児になり、マフィアに拾われて盗みや殺しを強制的にやらされた。

マフィアを裁くマフィアであるストレイシープに入った今も、していることは変わりない。

この任務は、彼女の夢を『本物』にするための戦いでもあるのだ。

「……では、先輩も早くおやすみになってください」

「あぁ。ほどほどで切り上げる」

景光は自室に戻ってベッドに潜り込む。

ヒステモリアとは違って静かな日本の夜は、そのままゆっくりと更《ふ》けていった。

＊＊＊＊＊＊＊

次の日。学校生活二日目の昼休みのことだった。

クラスメイトに誘われて屋上で昼食をとり終えた景光とミステリオーサは油野先生から呼び出しを受けて職員室を訪ねていた。

景光は油野先生を見据えて、小難しい顔で呟く。

「部活、ですか……」

聞く話によれば鳴山学園高校ではほぼ全員が何かしらの部活に所属しているらしく、部の立ち上げ条件が他校と比べて緩いため四〇もの部が乱立しているらしい。野球部、サッカー部、吹奏楽部といったメジャーなものから競技かるた部、キャンプ部、奇術部といったマニアックなものまで。活動は多岐にわたる。

「そう！　部活！　部活に入って輝く汗を流そうよ！」

青臭いセリフを照れもせずに満面のスマイルで言う油野先生。歳《とし》は二〇代後半だが、気持ちだけはまだ一〇代後半（のつもり）の彼女だ。

（ほぼ全員が部に所属しているのか。帰宅部を続けるのは悪い意味で目立つな……）

油野先生の思惑とは全く違った方向で部への加入を検討する景光。

「ほら、大学行くとき部活動やってると面接とかでアピールしやすいよ？」

油野先生が言葉巧みに部活を勧める。この任務を終えれば二人が銃弾と怒号飛び交うヒステモリアに帰ることなど油野春乃はつゆも知らない。

「ねえ、部活！　部活やろうよ部活！　楽しそうっ！」

ミステリオーサが興奮気味に景光の肩をゆさゆさ揺らす。

（こいつはただ部に入りたいだけに見えるが……）

ふんすふんす、と鼻息を荒くするミステリオーサに冷めた視線を送る景光。

御子をより近くで護衛するには彼女のいる軽音部に入るのが手っ取り早い。

音楽の経験など皆無に等しいが、入るのであれば軽音部一択だ。

「ここに部の紹介載せてるから見てみて！」

先生がデスクから学外向けのパンフレットを取り出して、折り目を付けたページを彼らに見えるように開いた。

「あれぇ？　軽音部ないよ？」

ページを見回して、ミステリオーサが不思議そうな声と共に首を傾《かし》げる。

御子は軽音部に所属している。彼女もそう言っていたし、間違いないはずだ。

だが、ページのどこを見渡しても軽音部は紹介されていなかった。

「部員数二名以下は同好会になっちゃうんだよね。で、軽音は部員が二人だから今のところは同好会。同好会はここには載ってないんだ。というか、軽音に興味ある感じ⁉」

「うん！　ボク歌うの好きだし軽音やりたーい！」

前のめりで尋ねる油野先生に、ミステリオーサは緑眼を輝かせてぴょん跳ねる。

（こいつはただ軽音をやりたいだけに見えるが……）

コホン、とわざとらしく咳払《せきばら》いをする景光。

「部にするために人集め頑張ってるからすごく喜ぶと思うよっ！　あ、私一応化学部と兼務で軽音同好会の顧問やってるんだー。よかったら今日放課後とか顔出してあげて？」

「分かりました」「かしこまっ！」

その直後、職員室内に昼休み終了の五分前を知らせるチャイムが鳴り響いた。

「では、失礼します」

軽い会釈《えしゃく》を残して職員室を去ろうとした二人を「あ、待って！」と先生が引き止める。

「あのさ、御子ちゃんって分かる？　同じクラスの三国ヶ丘御子ちゃん。軽音同好会にいるんだけど」

「……一応、名前くらいは」

知ってるも何も知り過ぎているくらいだが、景光は無難な答えを返した。

「実はちょっとだけ心配でね。教室で誰かと話してるの見たことないし、なんか昼ごはんもどこかで食べてるみたいだし。よかったら仲良くしてあげてほしいなーって」

思い返してみると、確かに御子はいつも一人だ。

授業と授業の間の休み時間も大体机に伏せているし、今日の昼休みもごはんに誘おうと思ったのだがどこにも見当たらず、景光たちは結局クラスメイトに誘われて食堂へ行った。

「はい、分かりました」「ボク友達作るの得意だしっ！」

二人の返答に「よろしくね」と満足げに微笑《ほほえ》む先生だったが、すぐに彼女の瞳が鋭くなって景光を捉える。

「あ、それと衣良君。君には話があります」

珍しく神妙な表情の先生を見て、ビクリと肩を震わせながら景光が振り返った。

（まさか正体を疑われている……？）

景光はごくりと固唾《かたず》を飲んで、先生の言葉を待つ。

（油野春乃……もしやカタギと筋者の見分けがつくのか？　いや、落ち着け。冷静に対処するんだ――）

じわりと額に浮いた冷や汗を拭い、敢《あ》えて淡々とした口調で景光が問う。

「何でしょうか？」

どくんどくん、と強く脈打つ景光の心臓。

だが――

「いいですかぁ？　手榴弾《しゅりゅうだん》というのは確かに比較的簡単に作れますが、それが与える人へのダメージは甚大《じんだい》で、そもそも武器が人間に与える脅威というのは――」

油野先生が説いたのは平和の大切さと戦争の悲惨さについてだった。

原因は昨日の授業での一幕。手榴弾の生成方法を熟知していた景光への警告である。

（どうやらバレていないらしい……）

「衣良君、聞いてる⁉」

「は、はいっ！」

ホッと安心したのも束《つか》の間、先生から怒号を飛ばされ、姿勢を正す景光であった。

＊＊＊＊＊＊＊＊＊

放課後。ところ変わって旧校舎二階、空き教室——軽音同好会の部室にて。

「切れたガットも、目に沁《し》みる夕焼けも、答えは教えてくれなくて……ううん、違うわ」

三国ヶ丘御子はシャーペンを消しゴムに持ち替えて、大きなため息を吐き出した。

「歌詞が納得いかないわ……ライブも近いのに」

御子が顔を上げると『鳴山駅前ライブまであと一〇日！』と書かれた黒板が目に入る。

ここのところ御子は直近に控えたライブに向けて部員と共に猛練習中。

昨年は文化祭でライブを行ったが、校外でのライブはこれが初めてであった。

しかし、どうにも書き上げた歌詞がしっくり来ない。

「メロディーラインをもっと生かすには……うーん」

机の上に置かれたいちごミルクをじゅう、と啜《すす》って頭を悩ませる御子だが、

——ガラァッ！

「せ、せせせ先輩っ！　聞いてくださいッス！」

乱暴に部室のドアが開かれて、びくりと肩を震わせた御子がそちらを見やる。

そこにいたのは羽倉崎純夏《はぐらざきすみか》——もう一人の部員であり、一年生の女子生徒。

褐色の肌に黒髪のショートボブ、くりんと大きな二重瞼《ふたえまぶた》。スカートから伸びる細くも程よく筋肉がついた脚。見た目はバリバリの体育会系だが、軽音部のギター担当だ。

「何よ、無駄に大きな声出して」

歌詞作りに水を差されては御子も返事に不機嫌さが滲《にじ》む。だが、純夏はそれを気にも留めず、ずかずかと御子に歩み寄って彼女が向かう机をドンと力強く叩《たた》いた。

「とにかくヤバいっす！　ヤバい朗報を持ってきたんスよぉ！」

「アンタよく『朗報があるっス！』とか言うけど、大体学校の近くにおいしいラーメン屋ができたとか昨日食べたコンビニのスイーツがおいしかったとかそんなのじゃないの」

「違うっス！　今回ばかりはそんなんじゃないんスよぉ！」

「何なのよ一体……」

悪態を吐《つ》いて渋々振り返る御子。

その目が捉えたのは、涙ぐみながらふるふると唇を震わせる純夏の姿であった。

「ちょ、泣くほどなの？」

「泣くほどっスよぉ！　来るんスよぉ、ついに！」

『来る』という言葉、そして感動に打ち震えるように涙ぐむ純夏——その二つから御子の脳裏に浮かんだのは。

「く、来るってまさか……！」

「そう！　入部希望者が我が部についに来るんスよぉ！」

溜《た》めに溜めて打ち明けられた事実に御子は思わずガタン！　と椅子から立ち上がった。

現在、軽音楽同好会に所属するのは三国ヶ丘御子と羽倉崎純夏のみ。あと一人部員が入れば晴れて同好会から部へ昇格だ。そうなれば部活紹介のパンフレットにも載るし、何より部費が大幅にアップする。

「すごいじゃない！　ウソじゃないのよね⁉」

「ゆのっち言ってたんスよ！　入部希望者が一人放課後来るからお楽しみにって！」

「う〜〜〜っ」

しばらく唸《うな》りながら頭を抱える御子だったが、

「今日の練習は中止にするわ！　今日だけよ！　やることは分かるわよね⁉」

「歓迎会っスよね！　了解っス！」

入部希望者を盛大に迎えてガッチリとハートを摑《つか》みたい二人だ。

彼女たちは部屋の片隅に置いてあったパーティーグッズを物色し始める。それはいつか入部希望者がきた時のために買っておいたクラッカーやらくす玉。カーテンレールにくす玉をセットし終えた彼女たちは休む間もなく部室を飛び出していく。

入部希望者が誰かも知らず、歓迎会用のお菓子を求めて購買部に急行する二人であった。

＊＊＊＊＊＊＊＊＊

御子たちが部室をパーティー仕様に変更し終わったその頃、景光たちはまさにその部室へと向かっていた。

「改めて見ると、なかなか年季が入った校舎だな……」

景光が旧校舎を見上げて呟《つぶや》く。三〇年ほど前まではメイン校舎として使われていたが、今では新校舎が建てられ、役目を終えた旧校舎は文化系部活の部室棟として利用されている。古き良き歴史を感じる木造の三階建てだ。

景光たちは校舎に入って階段を上がり、三階の空き教室の前へとたどり着いた。

「へぇー、ここが部室かぁ！　楽しみだね、みっちゃん！」

「これはあくまで任務の一環だ。より近くで御子を護衛するために他ならない。部活を楽しむのは結構だが、目的を見失うな」

「うん？　…………うん！　見失わない！」

ミステリオーサはぽかんとしたあと、ビシッと右手の義手を高く掲げる。

（本当に理解しているのか？）

一瞬、ミステリオーサに疑いの目を向けてから景光は「コホン！」と咳払いを響かせる。

「まず入ったら自己紹介だぞ。この前みたいな質問形式はダメだからな。例文を用意した。この度は貴重なお時間をいただきありがとうござ――」

「失礼しまーす！」

――ガラァ！

忠告の途中で、ミステリオーサが部室のドアを勢いよく引き開けた。

「最後まで聞け！」

景光が叫んだ直後、彼たちを迎えたのは。

――パァン！

（銃声……⁉）（銃声ぃ⁉）

咄嗟《とっさ》の発砲音にビクリと身を強張《こわば》らせる景光たちだったが、その音は御子と純夏が持つクラッカーの破裂音であった。

愛銃を忍ばせた制服の裏ポケットに伸びかけた手を降ろす景光と、突然なサプライズに「わああ……！」と感動の声を漏らすミステリオーサ。

「軽音同好会へようこそっス！」

現れた二人を明るく出迎えたのは純夏。

御子と純夏の打ち合わせでは、入部希望者が現れたら声を揃《そろ》えて『軽音同好会にようこそ！』とお出迎えするはずだったが、実際声を上げたのは純夏だけであった。

期待感が一変、御子の脳内が困惑で満ちていく。

「すごいすごいっ！ 見て、みっちゃん！ お菓子いっぱい！ くす玉まであって草！」

ぴょんぴょんと興奮気味に飛び跳ねるミステリオーサを見て、フリーズしていた御子はようやく理解した。

入部希望者とはミステリオーサであったことを。

「お待たせしましたぁ！ 入部希望のミステリオーサ・スキラッチでーすっ！」

「はアァァァァァァ――っ⁉」

怒りと動揺を綯《な》い交《ま》ぜにした御子の叫び声が旧校舎中に響き渡った。

＊＊＊＊＊＊＊

「さぁどんどん食べてくださいっス！ 衣良さんも遠慮しなくていいっスよぉ！」

両手を広げて白い歯を覗《のぞ》かせながら満面の笑みを浮かべる純夏。

机を四つ合わせて作ったテーブルには御子と純夏が購買部で大量に購入したクッキーや

チョコなどのお菓子やジュース類が並べられ、いかにもウェルカムムード。

一方、敵意剝《む》き出しなのは御子だ。

ミステリオーサを見つめる瞳は鋭く細められ、奥歯をギリギリと噛《か》み締めている。

「おいひい！　おいひいよ、これェ！」

だがそれに気づかず、もりもりとクッキーを頰張るミステリオーサ。

（まったく気が休まらない……！）

御子とミステリオーサを交互に見やり、表情を強張らせるのが景光だ。

「自己紹介するっス！　私、羽倉崎純夏！　ギター担当っス！　はい、次先輩！」

「あー、これはこれは入部希望どうも。三国ヶ丘御子です。以後よろしく」

元気ハツラツの純夏に対し、よろしくする気など微塵《みじん》も感じさせない棒読みの自己紹介。

「せ、先輩は人見知りなんス！　これでも超歓迎してるんスよぉ!?」

慌てて純夏がフォローに入る。だが、純夏だってバカではない。ミステリオーサと御子の間に漂うただならぬ雰囲気をビンビンと感じ取っている。

（な、何かがおかしいっス……。普段は優しい先輩がミステリオーサ先輩に対してすごく当たりがキツいっス）

一体何が先輩をそうさせているのか分からない純夏。だが、しばらく考えてみて彼女は一つの仮説を打ち立てた。

（こ、これはもしや三角関係というやつじゃないっスか⁉）

景光とミステリオーサは仲が良さそうに見える。転入してきて間もない景光に御子が一目《ひと》惚《め》れ《ぼ》しているとすれば、障壁として立ちはだかるのはミステリオーサだ。

三国ヶ丘先輩はミステリオーサ先輩に対抗心を燃やしているのだ――純夏は勝手にそう結論づけた。

（そ、そういうことっスか……）

純夏が胸中で呟いてゴクリと固唾《かたず》を飲む。

「何黙ってんのよ。アンタが仕切りなさい」

「はいぃっ！」

不機嫌丸出しの御子に凄《すご》まれ、純夏は姿勢を正す。

「えーっと、入部希望は一人って聞いてたっスけど衣良先輩も入部希望なんスかね？」

「あ、いや、俺は……付き添いだ」

どこか茶を濁した返答に純夏は確信する。

（これはきっとミステリオーサ先輩に『ついてきてほしい』って頼まれたってことっス！

衣良先輩と仲がいいことを三国ヶ丘先輩に見せつけるための牽制《けんせい》……間違いないっス！）

ミステリオーサが海外から来たお嬢様だという設定を純夏は知らない。

当然、その用心棒として景光がミステリオーサに付いていることも知らない。

おかげで純夏は全く違う方面に妄想を膨らませている。

「了解っス！　興味湧いたら入部も歓迎っスからね！　それと、ミステリオーサ先輩は何の楽器できるんスか？」

「え、楽器？　何もできないよ？」

「…………え？」

飄々《ひょうひょう》と返したミステリオーサに、純夏は目を丸くするしかない。

「じゃあ不合格よ。帰った帰った」

しっしと手を払う御子に、純夏は「ちょ、ちょっと待つっス！」と声を荒らげる。

「同好会を部に昇格させるための大チャンスなんスよ？」

純夏に耳打ちされて、御子の表情が難しそうなものに変わる。

「……景光だけ入ればいいじゃない」

仏頂面《ぶっちょうづら》で告げた御子に、ミステリオーサはガタンと椅子から立ち上がって吠《ほ》えた。

「ダメだよ！　そんなことになったら御子ちゃんとみっちゃんの恋が始まっちゃう！」

「はぁ!?」「は……？」

景光と御子の狼狽《ろうばい》の声が同時に響き渡る。

世間一般的に見れば景光のルックスは平均そのものだが恋は盲目、ミステリオーサの目には顔面偏差値七〇を超えるイケメンに見えている。御子だって景光と過ごしているうちに恋に落ちるかもしれない――とはミステリオーサが抱く危惧である。

「そうなんスね！　やっぱりそうなんスね！　私は先輩たちの恋を応援しますよぉ！」

「違うわよ！　こいつが勝手に言ってるだけだからね⁉」

「あれ？　違うんスか？」

「ぜんっぜん違うから！」

吠える御子だが、純夏は一度そう思い込むと訂正が効かない性格であった。

（先輩ってば照れちゃってるっスね！　かわいいんだからもう……）

純夏は胸中で呟いて御子に生温かい視線を向ける。

「というかアンタ。楽器できないのによく軽音に入ろうと思ったわね」

ジト目でミステリオーサを見つめ、紙パック入りのいちごミルクを啜《すす》る御子。

そんな彼女に対してミステリオーサは、

「うん！　ボクには天使の歌声があるからね！」

幼い見た目にそぐわない大きな胸を反らし、ニィと不敵な笑みを浮かべて告げた。

「天使の歌声ぇ？　だったら、ここで歌いなさい。アタシが認めたら入部させてあげる」

「先輩⁉」

渋る御子に、純夏が目を白黒しながら狼狽する。

「楽器できないってことはボーカル志望でしょ？　歌下手だったらどうするのよ？」

「それはそうっスけどぉ……」

「というわけではい、どうぞ」

御子がミステリオーサに嫌味っぽい笑みを浮かべたその時だった。

「――憧れた夢を摑《つか》みたくて　だけどそれは星のように遠くって」

直後、御子と純夏がハッと息を飲む音が教室の中に小さく響いた。

ミステリオーサが歌い始めたのは日本人歌手が二年前に発表した楽曲。

日本のみならず世界中で大流行した女性シンガーの一曲だ。

「広大な海で漂うビン詰めの想《おも》いは　誰にも届かないままで」

ガラスのように透き通っていながらも、力強さも感じる声質。

しなやかなロングトーン、完璧なタイミングでのブレスやしゃくり。

「どこだっけ　探していた夢　だけど　一番星みたいに輝く君がいたんだ」

歌詞に合わせるようにミステリオーサは天井に手を掲げ、静かなAメロから一転、華やかさが鍵となるサビへと突入する。

「さぁ窓を開けてみよう　そこに世界が広がってる」

「泣いた夜はちっぽけな嘘《うそ》になって　きらきら輝き始めるの」

決して歌っている歌手本人に似た性質の声じゃない。だけど、ひしひしと御子たちは痛感させられた。

この声は彼女の喉からしか生み出せない、と。

「――……はい、終わり！」

御子たちが聴き惚れているうちにミステリオーサは歌い終え、ちろりといたずらっぽく桃色の舌を覗かせた。

「す、すごい逸材っス！　お、音楽の歴史が変わるっス！」

「どうもどうも、音楽の歴史を変える美少女です」

あまりの歌唱力に狼狽する純夏と、照れながら金髪をぽりぽり掻《か》くミステリオーサ。

「三国ヶ丘先輩！　これデュエットしたらめちゃくちゃ人気出ちゃうんじゃないスか⁉」

「どうか、ミステリオーサを入部させてやってくれないか？」

純夏と景光に迫られ、御子は「うぐぐ」と苦しげな声を漏らす。

ミステリオーサが入部すれば今までの静かで平穏な部活動が脅《おびや》かされることは間違いないが、あの歌声を聴けば軽音同好会の長として放っておくわけにはいかなかった。

「……負けたわ、完全に」

「ってことは先輩……！」

「ええ。正式にミステリオーサの入部を認めるわ」

ため息と共に頷《うなず》いた御子に、ミステリオーサと純夏は「やったあ！」と同時に声を上げて熱い抱擁を交わす。

「でも、絶対に活動の邪魔はしないでよね！　特に今ライブ近いんだから！」

黒板に書かれた『鳴山駅前ライブまであと一〇日！』を指差しながら御子が吠える。

そんな彼女にミステリオーサは心底嬉《うれ》しそうな笑みを弾《はじ》けさせる。

「――御子ちゃん、ボク頑張るねっ！」

屈託のない笑顔とまっすぐな言葉に一度面食らいながらも、御子はパン！　と気合を入れた両手を打つ。

「よし！　じゃあさっそく練習するわよ！　ライブまで一日だって惜しいんだからね！」

それから二〇時まで練習は続き、様子を見に来た油野先生に「そろそろ下校だよー？」と止められて、ようやく解散になった次第だ。

「施錠《せじょう》よし、と」

鍵を掛けて部室をあとにする御子。一緒に帰るため景光とミステリオーサ、純夏を校門前で待たせて御子が向かったのは油野先生がいる職員室。

「失礼します」

職員室では油野春乃が一人、ノートＰＣで明日の授業に使うプリントを作成していた。他の先生たちはもう帰路についており、広い部屋には油野先生と御子しかいない。

「あ、御子ちゃん！　はい、これ！」

油野先生が御子にＡ４の紙を手渡す。同好会が部になる際に書く申請書だ。

「ありがとうございます！」

御子は申請書を受け取り、内容を流し読みしたあと『下記の者の入部を認める』と書かれた下にある空白にミステリオーサの名を記入する。

「まさか軽音に入部してくれると思ってなかったねー」

嬉しそうに頰を緩める油野先生に、御子は稀《まれ》にしか見せない満面の笑みを投げかけた。

「はい！　これからも一層練習に励みます！」

＊＊＊＊＊＊＊＊＊

ミステリオーサが入部した三日後、土曜日。

休日にも拘《かか》わらず、御子たちは旧校舎で楽曲の練習に励んでいた。

ここのところ休みなしで二〇時まで練習しているが、彼女たちの表情に疲れは見えない。

何しろ、初の校外ライブ。懸ける想いは人一倍。

ライブまであと一週間。それまでにできる限りの練習をしておきたい面々だ。

「御子ちゃん、ブレスのタイミングここにした方が楽じゃないかなー？」

「確かにそうね。あと純夏！　なんかもうちょっと音で切なさって表現できない？」

「だとしたらここをちょっとマイナー調にしてみます？」

「いいわね、それ。よし、もう一回いくわよ」

椅子に腰かけ、それをさも部の顧問のように見つめる景光。

今日は休日のため私服登校が許されている。にも拘わらず、着慣れているからという理由でスーツを着用している点もどことなく顧問っぽさに拍車をかけていた。

『夕焼けに染まる君は　手に届かない』

『でも、知ってるんでしょ？　私の気持ち　忘れたくても忘れられなくて』

純夏が静かにギターを奏《かな》で、観客を煽《あお》るように御子が右手を掲げる。ミステリオーサの白いドレスの裾が揺れると共に、彼女の額から落ちた汗が部室の床を濡《ぬ》らす。

景光には縁遠い、青春の一幕。

また一曲演奏を終えて、御子たちは感想を交わし合う。

「ブレスのタイミング変えたらサビへの移行が結構スムーズになった気がするわ！」

「おけまるー。んで、純夏ちゃんはどう？」

「コードを変えてみたんスけど逆にどうでした？」

景光にとっては会話のレベルが高すぎる。

(何を言っているのかさっぱり分からん……)

景光が内心頭を抱えたその時。

「――で、アンタはどう思うのよ?」

Tシャツの袖で汗を拭ってから、御子は鋭い眼差《まなざ》しを景光へ向けた。

「どう思う、とは?」

「これライブでやる曲だから意見聞きたいんだけど。率直な感想でいいから」

感想など求められても困る。何せ五線譜もまともに読めない彼だ。読めるのは戦闘中の敵の動きだけ。

御子や純夏だけでなく、ミステリオーサまで景光の感想を心待ちにするような期待と緊張を綯《な》い交《ま》ぜにした表情を浮かべている。

(あれは任務のことなど忘れている顔だ……)

景光は内心で苦笑いを浮かべつつ、感想を考える。

「……ブレスのタイミングを変えたらサビへの移行が結構スムーズになった気がする」

「繰り返しただけじゃないっ!」

「仕方ないだろう! 俺は音楽の成績、5段階中の『1』しか取ったことないんだ!」

「訊《き》く人間違えたわ」

はぁー、と三人から大きなため息を吐かれて景光もがくりと項垂《うなだ》れる。

あまりにもセンスのない回答に、御子たちも興が冷めてしまったようである。

「……あ、あのぉ、一回休憩入れないっスか？　ちょっとトイレ行ってくるっス」

申し訳なさそうにぺこりと頭を下げて、部屋をあとにする純夏。

その時であった。

――部室の電灯がぷつり、と一斉に消灯した。

現在一九時四一分。照明を失えば部屋の中は暗闇に包まれる。唯一の光は月明りだけだ。

（まさか、これは……）

急な停電に、景光の第六感がカンカンと警鐘を鳴らし始める。

「うわっ、なんなの⁉」

「あれぇ？　電球切れちゃった？」

「いや、電灯が一斉に切れるなんてありえない。……御子、未来を視《み》ろ！　今すぐだ！」

慌てて御子が異能を発現させる。

右手から生み出された球体を見て、御子の表情から血の気が引いた。

「映ってる……！　これ、部室？　襲撃……？　ってことは今からぁ⁉」

半狂乱状態で叫ぶ御子。

「だからあれほど自分の異能を過信するなと言ったんだ！　だが、ここに俺とミステリオ
ーサがいたことだけが不幸中の幸いだ」

ギリ、と景光が強く歯を噛《か》み締めたと同時、ガラリと部室のドアが開けられた。

「いやぁ、トイレ行くのにハンカチ忘れちゃって。ドジっスねぇー。ん？　なんで電気消
してんスか？」

部室に戻ってきた純夏が首を傾《かし》げたと同時、景光の視界が敵の姿を捉えた。

景光たちがいる旧校舎の東館から渡り廊下で結ばれた西館──その屋上に二つの影。

これだけの距離を保ってこちらに攻撃できる術は、狙撃しかない！

「伏せろおおおォォォォ────────ッッッ！」

──ガァン！　ガシャァァッ！

景光の咆哮《ほうこう》のあと、部屋の中に一発の銃声と窓ガラスの砕ける音が響き渡った。

銃弾が穿《は》いたのは純夏の頭部の数センチ横。真横で硝煙を上げる壁面を一瞥《いちべつ》した純夏が

「ふにゃあ……」と気を失い、床に倒れ伏す。

「ついに動いたかッ……！」

景光が懐《ふところ》から愛銃のグロック17を抜き出した直後、西館の屋上から響き渡る幼い声。

「だあ⁉　普通この距離を外すかね、お姉さま！」

瞬間、雲の隙間から差した月明りに敵二人の姿が映し出される。

色白の肌に、目鼻立ちが整ったその顔は瓜二《うりふた》つ。月光に照らされて輝く銀髪は両者とも肩にかかる程度に切り揃《そろ》えられていて見分けがつかない。

黒いドレスに包まれた少女たちは一見すればフランス人形然とした美少女だが、その肩には物騒なライフル銃が担《かつ》がれていた。

「仕方ないじゃない！　ライフル久々だったのよ！」

ライフルを撃った少女がもう一人の少女に吠《ほ》え返す。

景光たちの界隈《かいわい》で、彼女たちの名を知らない者はいない。

「オリエンタル・ファミリーの【カテドラル姉妹】ッ！」

叫んだ景光に、彼女たちは無邪気な笑みを向けてぶんぶん手を振った。

「やっほやっほ！　元気してたー？」「久方ぶりね！」

見た目は少々おてんばな少女たち。だが、その中身は両者一四歳にして一流の殺し屋だ。

「あ、あんな子たちが……！」

驚愕《きょうがく》する御子に景光は視線もくれず、姉妹にグロック17の銃口を向けたまま告げる。

「油断するな。俺たちの界隈では相当な手練《てだ》れだ。安全な場所に隠れてろ」

御子が隠れ場所に選んだのは教卓の下。それを見て、ライフルを持つ姉がくすりと上品な笑みを湛《たた》える。

「隠れても無駄ですわ。そんなボロ机、銃弾一発で粉々になりますわよ？」

彼女の言う通り、分が悪いのは景光たちの方だ。

景光の武器は拳銃なのに対し、相手はライフル銃。

ここは時間を稼いで策を練るしかない。

「今のうちに手を引いておけ。そうすれば今までの縁に免じて生かしておいてやる」

銃口を向けられようとも欠片《かけら》の狼狽《ろうばい》も見せず、景光が淡々とした口調で返す。

「あはっ！　普通そっちが命乞いする立場でしょ！　バカぁ？」

妹が腹を抱えて一笑すると、姉が再びライフル銃のトリガーに指を掛けた。

姉妹に意識を向けたまま、景光は部室内を見回す。

――ミステリオーサの姿がない。

（くそっ！　何してんだ、あいつ……！）

胸中で毒づいてから景光は再び姉妹へと鋭い眼差しを送る。

「ここで俺たちを殺しても、他のストレイシープの隊員がお前たちを殺すぞ！」

「分かっていますわ。でも、そういうものでしょう？　私たちがいる世界は血で血を洗う場所ではなくて？」

ニィと笑みを零《こぼ》して姉が狙撃体勢に入る。

いよいよライフルが銃弾を撃ち出そうというその時であった。

「うおらあああぁぁぁぁぁ――――ッッッ！」

部屋の中に響き渡る甲高《かんだか》い怒号。

声の主は、ミステリオーサだった。

ドアを蹴破って入室してきた彼女が右手に抱えていたのはどこからか持ってきたのか、大量に積み重ねられた机。

「ミステリオーサ、どうするつもり――」

「キャラが……被《かぶ》ってんですけどおおおおおぉぉぉぉぉ――――ッ⁉」

ミステリオーサの叫びが景光の声をかき消した。咆哮と共にミステリオーサは幾重にも連なった机を姉妹の方へと放り投げる。

夜空を駆ける机。

空中分解してもおかしくないそれは、ミステリオーサの怪物的な腕力により崩れることなく一団となってカテドラル姉妹に襲い掛かった。

ミステリオーサはキレていた。

御子を襲ったことではなく、純夏も巻き込んだ襲撃を起こしたことでもなく、自分と似たようなゴスロリ系の殺し屋がここへやってきたことにただただキレていた。

彼女は以前より黒ゴス衣装の殺し屋二人組がいることを知っていた。

――他人の服装パクんなし。これで両方ブサイクだったらよかったのに、結構ルックスいいんだよね。あー、つまんない。全然つまんない。完全におこだよボク。ゴスロリ衣装のかわいいマフィアはボクだけで十分だし。アイデンティティを穢《けが》すなしっ！

カテドラル姉妹の存在を知ってから胸の奥底で秘めていた、そんなライバル心。

そして今日、彼女たちと対面してミステリオーサの怒りは頂点に達した。

「ちょ！　は！　え⁉」「な……！」

思ってもみない罵声を浴びせられて狼狽する姉妹の元に机の一団が到達。どんがらがっしゃんと派手な音を立てて崩壊した机の山の中に姉妹が埋もれる。

思わぬ形で反撃のチャンスを得た景光たちだ。

「ここでは他の部員もいるから戦闘できない！　逃げるぞ、御子！」

「え!?　あ、う、うん！　す、純夏！　起きて純夏！」

床で伸びていた純夏の頬をぺちぺち叩《たた》く御子。五回ほどぺちぺちやったところで純夏は薄く目を開けて、意識を取り戻す。

「んあ……なんスか……？　あ、その、やっぱりあそこはマイナー調じゃない方が……」

「寝ボケてる場合じゃないから！　ここから逃げるのよ！　早く！　今すぐに！」

状況を全く理解していない純夏を御子が無理やり立ち上がらせる。

「ゴスロリ系マフィアはボク一人で十分だバーカブァァ―――――カ！」

「いつまでキレてるんだ、行くぞ！」

蜘蛛《くも》の子を散らすように景光たちが部室から飛び出す。

旧校舎を出た彼らが向かった先は駐輪場。そこに二台止まっていた大型バイクのエンジンを景光とミステリオーサが同時に始動させた。

「アンタらバイクで来たの!?」

「休日だからな！　御子は俺の後ろ！　ミステリオーサは純夏を乗せて走れ！」

リアボックスからヘルメットを二つ取り出した景光が、そのうちの一つを御子に渡す。

「バイクの後ろとか乗ったことないんだけど⁉」

「捕まってるだけでいい！」

景光に凄《すご》まれ、御子は渋々彼の腰に手を回す。

純夏と御子を乗せた景光たちのバイクが正門を抜けて、山道を下る。しばらく爆走を続けたところで彼らのバイクは交通量の多い国道に突入した。

「こちら景光。先輩、どうぞ」

景光がヘルメットの内側に据え付けられたマイクからキャサリンに応答を求める。

『こちらキャサリン。大体察しはついているが、状況を伝えろ』

「現在カテドラル姉妹と交戦中。校内での戦闘を避け、現在国道まで出ています」

『ちっ……やつらか。随分と厄介な敵を寄越してきたな。状況は逐一共有しろ』

了解、と告げて景光はマイク設定を切り替えて、ミステリオーサに指示を送る。

「次の交差点を左折して臨海線へ出ろ。あっちなら車通りが少なくてやりやすい」

『かしこまーっ！』

交差点を左折したミステリオーサのバイクを追う景光。その速度は時速一〇〇キロ。法定速度を大きく超えている。

「ちょ、あぶなっ！　追ってきてないんだからもっと安全運転しなさいよ！」

ノーブレーキで急ハンドルを切った景光の背中に御子が一発パンチを入れる。

「本当にやつらが追ってこないと思っているのか？」

意味ありげに返した景光に、御子が「はぁ？」と怪訝《けげん》な声を漏らしたその時であった。

――パアァァァッ！

「ウソ……⁉」

背後から鳴る強烈なクラクション音に御子が振り返って、驚愕の声を上げる。

後ろから迫ってきたのは白塗りのクラウン。そのボンネットには『鳴山ドライビングスクール』の文字。ナンバープレートの隣には『仮免許練習中』の板。

――その教習車を運転していたのは、カテドラル姉妹の姉の方であった。

「ほら、やっぱり来ただろう」

「なんでアンタはそんなに落ち着いてるのよ⁉」

「予想できていたからな。自分の任務を完遂するまでは地の果てでも追ってくる――それがカテドラル姉妹の恐ろしいところだ」

景光が忌《い》まわしげに顔を歪《ゆが》めたと同時、クラウンの助手席から顔を覗《のぞ》かせた妹が叫んだ。

「困るよ逃げちゃ！　車盗んでまで追いかける羽目になったじゃーん！」

「よりによって教習車を盗むな！」

「どう？　うまく乗れてるかな？」

「恐喝罪と速度超過のツーアウトだッ！」

妹に吠え返し、景光はヘルメット内のマイクでミステリオーサに呼びかける。

「やはり追ってきたな」

『うんうん。想定内だねー。よし、飛ばしていくよっ！』

白いドレスの袖から覗かせた義手をひらりとミステリオーサが振ると彼女はさらに強くアクセルを踏みしめて加速し、景光もそれに追随する。

このまま臨海公園まで逃げ切り、人がいない園内で交戦する予定の景光だが、

『みっちゃん、向こう相当速いよ！』

「分かってる……！」

だんだんと教習車との距離が詰まってくる。

一人であればいくらでも加速できるが、景光が操縦するバイクの後部座席には御子がいる。あまり乱暴な運転はできない。ミステリオーサも同様だ。

「景光、後ろ！」

御子から警告され、一瞬だけ後ろを確認した景光の瞳が捉えたのは助手席の窓を開けてライフル銃を構えるカテドラル姉妹の妹の姿。距離が縮まって、いよいよ射撃可能圏内に

入ったらしい。銃口が向いている先は――ミステリオーサ。

「背後から狙われている！　車線を変えろ！」

景光の指示を受け、ミステリオーサが右から左へレーンを移動する。ライフル銃から放たれた銃弾は狙いを外し、景光の右肩を掠《かす》めた。

「くッ……！」

右肩に走る強烈な痛み。バイクの車体がぐらりと傾くが、意地でそれを立て直す景光。横転しなかったことに安堵《あんど》したが、

「あ、」

景光の顔面から血の気が引いた。

彼の左肩から噴き出た血しぶきが、ミステリオーサの白ゴス衣装に付着したのである。

「あああああああああああああ――――――ッッッ！」

お気に入りのドレスに景光の血液が付着していることに気づいたミステリオーサは怒りの咆哮《ほうこう》を上げて急停止。「ほげぇ……」前につんのめった純夏がミステリオーサの背中に強烈な勢いで頭をぶつけ、間抜けな声と共に失神する。

ミステリオーサが我を忘れて激昂《げきこう》するタイミングは二つある。

一つ目は『白ゴス脳筋』などという可愛《かわい》げもない罵声を浴びせられた時。

二つ目は——愛用の白ゴス衣装が何者かによって汚《よご》された時だ。

純夏を放ってバイクを降りたミステリオーサはヘルメットを乱暴に脱ぎ捨て、脇に立っていた経路案内の道路標識を根元から引き抜いた。

——ドゴォッ！

轟音《ごうおん》と共に舞い上がった砂埃《すなぼこり》の中でミステリオーサが不敵に笑う。

「か、か、景光ぅ！　ひょ、標識が……！」

景光がバイクを止めるなり、御子が幽霊でも見たかのような悲鳴を上げる。

道路標識を構え、迎え撃つは爆走中の白クラウン。

標識をぶんぶんと素振りするミステリオーサを見て、自分たちが何をされようとしているのかカテドラル姉妹は理解した。

「お姉さまあぁぁぁぁぁぁぁぁぁッッッ！」

助手席で妹が叫び、姉がブレーキを踏みこむ。

だが、時速一二〇キロ以上の速度で走っていたクラウンだ。即座にブレーキを掛けたとしても、約三〇メートルは空走する。

「止まれぇぇぇぇぇぇぇッッッ！」

「そんな急に止まれないですわあぁぁぁぁッ！」

　クラウンから姉妹たちの悲痛な声が聞こえてくる。二〇メートル、一〇メートル……と徐々にミステリオーサとの距離は縮まっていく。やがて、その距離が五メートル程度になった辺りで、ミステリオーサはフルパワーで道路標識を振り抜いた。

　――ドグシャア！

　激しい音が上がると同時にクラウンは廃車同然の姿となり、急停車。ぷすぷすと煙が上がる車内では、カテドラル姉妹がぐったりと項垂《うなだ》れている。衝撃で飛び出したエアバッグによって何とか命は助かった次第だ。

　標識を道路に投げ捨て、ゆらりとミステリオーサが廃車と化したクラウンに歩み寄る。

「な、何をする気ですの……!?」

　煤塗《すすまみ》れの顔を恐怖で引きつらせた姉に、ミステリオーサはニィと醜悪な笑みを投げ掛けて――「いよっ、と」

　車体の下に右手を差し込み、ミステリオーサが軽々とクラウンを持ち上げた。

　車内からの脱出を試みる姉妹だが、その動きはエアバッグに制限されてままならない。

「こ、こんなことしたって無駄ですわよ!? 私たちが死んでも代わりがあなたを――」

「おらあああああああああああ――――ッッッ！」

　姉の命乞いを遮り、ミステリオーサがクラウンを投擲《とうてき》する。

ふわりと宙を浮いた廃車が向かう先は、直線道路沿いに広がる大海原だ。

「「いやあああああああああああッッッ！」」

鼓膜をつんざくような姉妹たちの叫び。だが、泣けど叫べど向かう先は変わらない。やがてクラウンは海面に叩きつけられ、そこに巨大な水柱が上がった。冷たい海の中へと沈んでいく車両にはもちろん姉妹が閉じ込められたままだ。

「だーっはははは！　快感快感──ッ！」

高笑いと共に海の方へと中指を立てるミステリオーサに対し言葉を失い、ただただ口をぽかんと開けて唖然《あぜん》とするしかない景光と御子。

「えっと……何が起こったの？」

ヘルメットを脱いで目を瞬《またた》かせる御子に、景光もヘルメットを脱いでから返答する。

「カテドラル姉妹の服装やら行動がミステリオーサを怒らせた。……それだけだ」

景光が言うと、彼のヘルメットの中に備え付けられたマイクからふと怒号が響いた。

『おい！　情報は共有しろと言ったはずだ！　今どうなってる！　あぁ!?』

声の主はキャサリン。景光たちの安否を心配しての連絡であった。

「連絡が遅くなり、申し訳ございません。その、何と言いますか……背後から俺が肩を撃たれて……あ、いや、掠り傷なのですが」

『無事か!?　御子やミステリオーサは？』

「全員無事です。で、ミステリオーサのことなんですが、俺の血があいつのドレスに付着して、ミステリオーサがキレて、道路標識を引っこ抜いて、姉妹の乗る車を破壊して……最後に車ごと海に投げ捨てました」

部外者が聞けば意味不明な解説。だが、ミステリオーサの能力を知るキャサリンにはその説明で十分だった。

『ちっ、やっちまったか。あの異能はミステリオーサの肉体に過大な負荷を掛ける。よほどの緊急事態でなければ本当は使ってほしくないんだ』

「心得ています」

『まあいい。全員無事で安心した。事務所に戻るのはそれからでいい。とりあえずお前らは御子を家に送り届けろ。それから医者に寄ってこい』

それだけ言い残して、通信は途切れる。

ヘルメットをバイクのリアボックスにしまって、景光は改めて辺りを見回した。

腹を抱えて高笑いを続けるミステリオーサ、その脇に転がった道路標識。ぽこぽこと水泡が上がる海面。未《いま》だにバイクの後部座席で白目を剝《む》いたまま気絶している純夏。

「……地獄絵図だな」

目の前に広がる惨状に頭を抱える景光だった。

それから景光とミステリオーサはキャサリンの言いつけ通り、医者に寄ってから御子と純夏を自宅へと送り届けた。

「御子、着いたぞ」

三国ヶ丘邸の巨大な鉄門扉《もんぴ》の前にバイクを停車させ、後部座席に座る御子に声を掛ける。

御子は何か考え事でもしていたのか、しばらく間をおいてから「ん？　あ、あぁ。ありがと」とバイクから降りた。

「あのさ……ごめん。アタシ、アンタの言う通り自分の異能のこと過信してた。もし、今日アンタたちがそばにいなかったら……」

萎《しお》れたひまわりのように腰を曲げて弱々しく呟《つぶや》く御子。

「気にするな。お前が何を言おうが、俺たちは鳴山学園に入学するつもりだったからな」

「そっか……。純夏、大丈夫かな……」

御子が切れ長の瞳を潤ませる。今回は部活中ということもあって純夏まで襲撃に巻き込む形となってしまった。

「彼女はミステリオーサが無事に送り届けてくれるはずだ」

「あの子、目覚ましてからずっと変なこと言ってなかった？　もう学校出てるのに『さぁライブに向けて練習っスよ！』とか『ミステリオーサ先輩、もっと声張るっス！』とか」

「おそらくショックによる解離性健忘の類だろう。有体《ありてい》にいえば記憶喪失だ」

「記憶……喪失……」

ゴクリと固唾《かたず》を飲んだ御子の表情が青ざめる。

「安心しろ。大体が一時的なものだ。運が良ければ数日で戻る」

「でもっ……！」

「御子は悪くない。欠片《かけら》も、だ」

まっすぐ瞳を見つめたまま告げられ、御子は唇を真一文字に結んで顔を逸《そ》らした。

「あまり気負いしないことだ。とにかく今日はゆっくり休め」

それだけ告げて景光は再度バイクのエンジンを始動させる。ブロォ、と排気口から勢いよく噴き出した白煙を見ながら、御子は「ねえ」と彼に声をかけた。

「──アンタはさ、どうして普通にあんなやつらと戦えるの？」

御子から見て、景光は異常だった。

躊躇《ちゅうちょ》なく銃を敵に向けることができるのが。銃を向けられても狼狽《うろた》えないのが。命を脅《おびや》かされているにも拘《かか》わらず平然としていられるのが。

固く口を閉ざす景光だったが、御子の真剣な瞳に気圧《けお》されたかのようにゆっくりと沈黙を裂いた。

「そうならざるを得なかったんだよ」

景光が裏稼業《かぎょう》を始めた理由はストレイシープのメンバー以外には誰にも告げていない。

だが、御子になら話してもいい──そう思い、景光はゆっくりと過去を語り始めた。

幼い頃に両親を事故で失っていること。

難病指定された心臓病に苦しむ妹の手術のために金が必要だったこと。

【裁】というマフィア組織に入るが、あまりにも残酷な仕事のやり方が性に合わず、脱退後にストレイシープに入ったこと。

ふと脳裏に【裁】のリーダー──重松十五楼《しげまつじゅうごろう》の姿が想起され、景光は無意識に歯を噛《か》み締める。

「最初は慣れなかったさ。でも、裏社会で生きるうちに人に銃を向けることにも、敵を騙《だま》すことにも抵抗がなくなって……いつの間にかこうなっていたんだ」

御子はしばしの沈黙のあと、黒水晶のように透き通った瞳をまっすぐ彼へと向けた。

「……そっか。案外アンタも苦労してんだ」

御子は今まで景光を『遠い世界にいる人間』だと思い込んでいた。

だが、自分にも病気に苦しむ妹がいたなら、急に大金が必要な場面に直面したなら——

自分も景光と同じ道を選んだかもしれない。

そう考えると、御子はふと景光が自分と近い存在のように思えた。

「アタシたちって正直不幸じゃん？　親失って、そのあともいろいろとあって。それって他の人から見ればかわいそうに映るみたいで気を遣われるけど、逆にその気遣いが苦しい……みたいな。気を遣わずに接してくれるのって純夏くらいでさ……」

頬を朱に染め、長い茶髪をくるくると指に巻きつけながら御子は思いの丈を吐き出す。

今まで誰にも相談したことのない悩み。だけど、少しだけ景光のことを知れた今なら打ち明けてもいい——御子はそう思って、彼に尋ねた。

「俺もそうだった。こちらは普通に接してほしいのにな。うまくいかないもんだ」

ふっ、と景光が切なげにうすら笑いを浮かべて、夜空に浮かぶ遠い月を見上げる。

「だから、俺はせめて一緒に学校にいる間だけでもお前とは『友達』のように接したい」

「案外、考えてくれてるんだ。こっちのこと」

顔を逸らしてぽつりと漏らした御子の言葉は小さすぎて、景光には届いていない。

「どうかしたか？」

「ううん、何も。というか、ごめん。なんか気軽に昔のこと聞いちゃって」

「別に構わない。もう少し御子と仲良くなれたらその時は話そうと思っていた」

ふん、と小さく鼻を鳴らしてから景光は御子の瞳を見据える。

「さて、こちらは質問に答えた。その代わりに一つ、無茶なお願いをしてもいいか？」

「……何よ？」

改まった物言いに、御子はふと怪訝《けげん》な表情を浮かべる。

「俺たちは全力でお前を守る。傷一つつけさせない。だから——ミステリオーサ。あいつのこともどうか支えてやってほしい」

「あぁ、あの子」

御子の顔つきがやや苦いものに変わったが、景光は続ける。

「女子高生になるのが夢だったんだ、あいつの。昔からずっと言ってた。女子高生として学校に通って、友達を作って……そんな『普通』に憧れてるんだって」

「普通、か……」

「察しはつくと思うが、あいつも今まで普通の人生を歩んでいない。孤児だったあいつはマフィアに売り飛ばされて少女兵となった。そのマフィア組織が壊滅状態になって、親同然だったボスを失った絶望から自死しようとしていたところを俺たちが助けたんだ」

ミステリオーサの凄惨な生い立ちを聞いて、御子は返す言葉を失う。

あの天真爛漫《てんしんらんまん》な笑顔の裏側にそんな暗い過去があるとは今まで知らなかった。

「仕方、ないわね……」

少し悩んでから呟いた御子に、景光は安堵《あんど》したように小さく微笑《ほほえ》みを浮かべる。

「じゃあ、そろそろ俺は事務所へ戻る。御子も今日はよく休め」

それだけ言い残して、景光は三国ヶ丘邸の前から発《た》った。

ブロロロ、とリズムのいいエンジン音を響かせながら景光は今日の襲撃を回想する。

敵の狙いは彼女の命とネックレスだ。だが、今日の襲撃では敵の動きが不可解だった。

景光の脳裏に閃《ひらめ》いたのは一つの可能性。

しかし、疑念を確信に変えるにはまだ情報が足りていない。

「またキャサリンに協力してもらわないといけないな……」

＊＊＊＊＊＊＊＊＊

カテドラル姉妹が起こした襲撃から三日後。

あの一件以来、しばらく軽音部の練習は自粛されていたが昨日純夏の記憶が回復した。

「早く練習するっス！」と意気込む彼女だったが、念のため今日は休部。明日から活動再開ということになった。

その日のHRのことである。

「はぁーい。それでは今日は臨海学校の班決めをしたいと思いまーす」

教壇に上がった油野先生が宣言すると、教室から「おおお！」とどよめきが湧いた。

文化祭、体育祭などの他にも合唱大会、写生大会、歌舞伎鑑賞会など比較的催しの多い鳴山学園高校。その二年生の七月に行われるのが一泊二日の臨海学校だ。

昼は浜辺でＢＢＱやら地引網漁体験、夜には花火が予定されている。

臨海学校を機に交際を始める男女も多いらしく、様々な意味で生徒たちが楽しみにしているイベントの一つである。

「んじゃ、四人一班決まったら黒板に書いていってー。ほら、散った散ったー」

生徒たちが立ち上がり、班を作るべく友人たちに声を掛けて回る。

「臨海学校か……」

ざわめく教室を見回して未《ま》だ椅子に座ったまま呟く景光。

〇〇学校と名のついたイベントには根深いトラウマがある彼である。

思い出すのは中学一年生、五月の林間学校。数合わせで入れられた班でのカレー作り。

孤独の軍曹などという汚名を払拭《ふっしょく》すべくいいところを見せようと一念発起する彼だったがうまく班に馴染《なじ》めず、他の班員がカレーを煮込む中で一人意味もなく薪《まき》を割り続けた。

五年前の五月一四日。景光のあだ名が『孤独の軍曹』から『全自動薪割り軍曹』にクラスチェンジされたその日である。

両親を不慮の事故で失い、【裁】への入団を決める約一ヶ月前の出来事だ。

（もう同じ轍《てつ》を踏むわけにはいかない……！）

今回の任務で重要なのは、とにかく鳴山学園高校に馴染むこと。

自然に高校生を演じつつ、御子と彼女の宝物を守り切る――それが景光たちの使命だ。

「みっちゃんみっちゃん！　同じ班になろーっ！」

景光が席を立つなり、ミステリオーサがとてとてと走り寄って彼に声を掛けた。

「他のクラスメイトからお誘いはなかったのか？」

「男子からめちゃくちゃ誘われたけど、みっちゃんと組むって言って断ってきた！」

「………………」

また人知れず敵を増やしたような気がする、と思う景光である。

「よーし！　仲間探しに出発だよ、みっちゃん！」

ミステリオーサに無理やり立ち上がらされ、教室をぐるぐると巡回していると――

同じく教室内を歩き回っていた御子とばったりエンカウントする。

「そっちも二名か」

「ん。まぁ、ね」

ぷいと顔を逸らしてぶっきらぼうに返す御子。彼女の隣には先日の昼休みに声をかけてくれた画家志望の女子生徒——春木織江《はるきおりえ》の姿があった。

「珍しい組み合わせだな。交流があったのか」

「あ、うん。そうね」「え、ええそうですね……」

景光が問うなり、どこか気恥ずかしそうに顔を逸らしながら答える二人。

春木は元々学級委員長の山田《やまだ》と組む予定であったが、山田はすでに他の班に入っており、誰と組むか迷っていたところ御子を見つけた次第であった。

「あ、あのぉ！　よかったら一緒の班になりませんか？」

「かわいそうだからうちの班に入れてあげるわよ？」

ぺこぺこ頭を下げる春木となぜか得意げに胸を反らす御子。他のクラスメイトはすでに四人班を作り終えたのか、続々と黒板に班員の名前を書きに行っている。

「恋のライバルが一緒の班っていうのはイヤだけどまぁいっか！」

「「あ」」

肩を竦《すく》めるミステリオーサ。春木が「えっ」と間抜けな声を漏らして御子を見やる。

「こ、恋のライバル同士なんですか？」

「違うわよ!? というかアンタもいい加減その設定やめなさい！」

とにもかくにもこれで班員は揃《そろ》った。景光たちがどうやら最後の班だったようで、ちょうど四〇人のクラスが一〇班に分かれる形となった。

「よーし、班は決まったねー。みんな仲良くするように。じゃ、解散！」

先生の一声でHRは終了し、放課後に突入。クラスメイトたちも次々に教室を去っていく。

いつもならこのまま景光たちも部室に向かうが、純夏の体調を鑑《かんが》みて部活再開は明日からとなっている。今日の任務は御子を自宅に送り届けることだけだ。

「御子、そろそろ帰るか」

「そうね」

机の横に引っ掛けていたスクールバッグを手に取る御子。二人が帰ろうとしているのを見て、ふと春木は勇気を振り絞って声を上げた。

「よ、よかったら一緒に帰りませんか!? せ、せっかく同じ班になれたので……」

気持ちは嬉《うれ》しいが、御子と一緒に帰るのは護衛任務の一環だ。帰路の途中でまた新たな敵襲がある可能性だって否定できない。

景光が返答に迷っていると――

「ちょちょちょ、ちょっと待ったァ！」

声の主はミステリオーサだった。

小さい身体《からだ》で机を跳ね飛ばしながら、景光たちの方へと猪《いのしし》のごとく向かってくる。

「帰るぅ⁉　普通この状況で！」

「いや、ミステリオーサにも声を掛けようとしていたが……」

「違くてぇ！　せっかく一緒の班になれたんだよ？　ここはパアッと四人でどこかへ遊びに行く流れでは⁉　だよね⁉」

「ハァ？　遊びに？　アンタと？　どこで何するのよ？」

「草。この辺のＪＫだったらこれは押さえとかないとダメじゃん？」

（なんでＪＫ歴数日のアンタが偉そうなのよ……）

若干イラッとしながらも、御子はミステリオーサが掲げたスマホの画面を覗《のぞ》き込む。

「あ、甘味本舗のフルーツサンド……」

眉間にしわを寄せていた御子の表情がふと柔らかいものへと変わる。

甘味本舗とは鳴山学園高校からも程近い場所に最近できたスタンド形式のフルーツサン

ド屋だ。

食べたいと思って前を通りかけたこともあるが、鳴山学園の生徒が多く列に並んでいたことから泣く泣く諦めた御子である。

「四人でこれ食べに行こうよ！　絶対に楽しいよ⁉」

緑眼を輝かせながらドン！　と机を叩《たた》いてミステリオーサが訴える。

（護衛任務だと分かっているのか、こいつは……）

景光は内心で大きなため息を吐く。しかし、この任務を通してミステリオーサに充実した学校生活を謳歌《おうか》してほしいという想《おも》いもある。

一方、選択に迷っていたのは御子も一緒だ。

部活がない日は早く家に帰ってゆっくりしたい彼女。だが、御子の脳裏には昨日景光に告げられた言葉がずっと残っていた。

〝ミステリオーサ。あいつのこともどうか支えてやってほしい〟

（まぁ、景光との約束だし）

そう言い聞かせてから御子は仏頂面《ぶっちょうづら》で口を開く。

「……仕方ないわね」

「いいの⁉　やっほーう！」「わぁ……！　楽しみですっ！」

諸手《もろて》を挙げて喜ぶミステリオーサと、おもちゃ屋のショーケースの前にいる子供のように瞳を輝かせる春木。

「ア、アタシが食べたかっただけだからね！」

「ボク、いちごサンド食べたーい！」

「……そのいちごサンド、数量限定って書いてましたけど」

「うそっ⁉ じゃあ早く行かなきゃ！」

慌てた様子で教室を飛び出して「早く早く！」と急《せ》かすミステリオーサ。

（まぁ、たまにはいいか。こういう放課後も）

一つため息を吐《つ》いて、ミステリオーサのあとを追う景光だった。

＊＊＊＊＊＊＊

斯《か》くして、景光たちがやってきたのは鳴山学園高校から徒歩一〇分のところにある芝生公園。周囲を高層ビルに囲まれていながらも広大な敷地《しきち》を持つ公園で、カフェやレストランも併設されている都会のオアシスだ。

その芝生公園の一角にあるカフェ＆レストランエリア。そこが今回の目的地である。

「こちらが『フルーツサンド』になりまーす！」

列を並ぶこと一〇分ほど。ついに甘味本舗名物のフルーツサンドとのご対面。

ミステリオーサと景光がいちごサンド、御子と春木がキウイサンドだ。

「これが噂《うわさ》のフルーツサンド！　見て、この芸術的な断面！　ぎええぇッ美しすぎる！　食べるのもったいな……家宝にしよっかな……」

「いや、食べなさいよ」

愛《め》でるようにいろんな角度からいちごサンドを見つめるミステリオーサに、御子が冷静にツッコミを入れる。

「映《ば》えがわかってないなぁー。あ、食べる前にみんなで写真撮ろっ？」

「写真？」

首を傾《かし》げる景光に「ほら、こうやるの！」とミステリオーサがいちごサンドを持った手を前に突き出す。彼女に続くように景光たちがフルーツサンドを持ったまま手を突き出すと、ミステリオーサは上からパシャリと一枚スマホで写真を撮った。

「食べてヨシっ！」

ようやくミステリオーサから許可が出て、景光たちは各々《おのおの》のフルーツサンドを口に運ぶ。

（……うまいな）

一口食べるなり、景光は驚いたように瞳を見開いた。

正直もう少し甘いのかと思っていたが、いちごの酸味とクリームの甘みが上手《うま》く合わさって絶妙なバランス感を演出している。

「こ、これめちゃくちゃうまっ」「うわっ、おいしいですね！」

御子と春木もはむはむとフルーツサンドを食べ進めていく。

その最中、「あ！」とミステリオーサが何かひらめいたかのように瞳を見開いた。

「いちご……クリーム……ってことはもしかしてカレーパンに合う⁉」

それを聞いた御子は頬を上気させて、ずいとミステリオーサに顔を寄せた。

「ま、間違いないわ！　やっとあのおいしさが理解できたのね⁉」

「うん！　この間、昼休みにカレーパンといちごミルクくれたじゃん？　あれ意外とアリだった！」

満面の笑みを弾《はじ》けさせるミステリオーサに、御子が「っしゃ！」と嬉しそうにガッツポーズを決める。まだ景光にはあの良さが理解できないが。

「ところで御子ちゃん、ほっぺたにクリームついてるよ？」

「え、うそっ⁉」

「左じゃなくてみぎっ！」

御子の頬にしゅっとミステリオーサの細い指が触れる。

「はい、あーん」

「し、しないわよっ！」

御子が吠《ほ》えると、ミステリオーサは「えーつまんないの！」と膨《ふく》れ面《つら》になってから指先のクリームをちゅるんと舐《な》めとった。

「……なんかいいな」

「分かります」

ぽつりと呟《つぶや》いた景光に、春木がメガネをくいと中指で押し上げながら頷《うなず》く。

「捗《はかど》りますね」

「……何がだ？」

乙女同士の戯《たわむ》れをやや興奮しながら見つめる春木と、小首を傾げる景光。彼が『百合《ゆり》』という概念を知るのはもう少しあとの話である。

「何二人でぶつぶつ言ってんのよ！」

「な、何もないです！」

御子に凄《すご》まれ、春木が慌ててフルーツサンドを食べ進める。

「あと景光の頬にもクリームついてるから！」

ぺたぺたと自分の頬を触る景光に、御子はべえっと舌を出して「ウソよ」と微笑《ほほえ》む。どうやら意趣返しのつもりだったらしい。「なっ……！」と狼狽《ろうばい》する景光を見て、ミステリオーサと御子が声を揃えて笑う。

「マジか」

「あははっ楽しいね、御子ちゃん！」

「う……うん、そうね」

ミステリオーサに屈託のない笑顔を向けられて、御子はどこか気恥ずかしそうにぷいと顔を逸《そ》らしてからキウイサンドを頬張った。

（確かに、ちょっと楽しいかも）

部活帰りに純夏に付き合わされてファミレスやラーメン屋に行ったことはあるが、クラスメイトとこうして放課後に遊ぶのは初めてだった。

御子が三国ヶ丘家の令嬢で、かつ父が立ち上げた事業が失敗し社会的に没落したことは鳴山学園の生徒であれば誰でも知っている。

金持ちだと変に気を遣われ、没落貴族になったことでまた気を遣われ……部活以外では孤独な高校生活。だからこういう『普通』の放課後はどこか新鮮で——

「楽しんでいるか？」

「ひゃぁっ⁉」

いつの間にか隣にいた景光に突然声を掛けられて、スッ転びそうになる御子。

即座に景光が反応し、彼女の手を摑《つか》んで転倒を防ぐ。

「どうして転ぶ」

「ビックリしたのよ！　音もなく近づいてくるなし！」

「すまない。基本的に足音を殺して歩くようにしていてな」

「ったく、何なのよもう……」

ぼそっと悪態を吐いて、御子は景光から顔を逸らす。

「……たまにはいいわね、こういうのも」

「そう思ってもらえてるなら何よりだ。それと……ありがとう」

「何の礼よ」

ぶつくさと御子が返すと、景光はいちごサンドを一口頰張ってから告げた。

「昨日俺が言ったこと、覚えてくれてたんだろう？」

ビクリと肩を震わせて、御子は一瞬景光の方を振り返る。彼女はお気に入りである蝶《ちょう》の髪飾《しき》りを頼りに触りながら、ほんのりと頰を赤らめた。

「ま、約束したしね。アンタと」

「いいやつだな、御子は」

「お、褒めてくれるんだ？　また今度カレーパンといちごミルクをおごってあげる」

「……遠慮しておく」

「なんでよっ！」

「いっ……！」

ベシ！　と背中を平手打ちされて景光が悶絶《もんぜつ》する。「もう……」と呆《あき》れつつ景光の背中を摩《さす》る御子。

「ところで御子。普通に放課後遊んでしまっているが敵襲が心配だ。念のため、確認だけ頼めないか？」

傍《はた》から見れば放課後に友達と遊びにきた高校生にしか見えないが、常に任務のことは意識しておかなければならない。いつどこに敵が潜んでいるか分からないのだ。

「さすがにこれだけ人目があれば襲撃なんて起きないでしょ」

「認識が甘いな。お前の命を狙う輩《やから》はプロだぞ」

景光が瞳を細めて凄むと、御子は「あー、はいはい。見ます見ます」とぼやいてから、ミステリオーサや春木には見えないように異能を発現させる。

右の掌《てのひら》からビー玉程度の小さな球体を生み出して、それをじっと覗《のぞ》き込む御子。

「……何も映ってないわよ」

球体には襲撃を受ける様子は映らなかったらしい。

だが、御子の異能自体が非常に曖昧なものだ。

未来を視《み》てから事象が起こるまで数時間から場合によっては数秒と幅が広い。参考にはなるが、異能をあてにしながら御子を護衛するわけにはいかない。

「こんな時まで仕事のこと考えてるんだ」

「当たり前だ。人命が係わってるんだぞ」

感心したように目を丸くした御子に、景光が呆れ気味に肩を竦《すく》めたその時。

「あ――――っ⁉　ボクの許可なくイチャつくのダメなんだが⁉」

いちごサンドに夢中だったミステリオーサが密談中の景光たちを指差して吠えた。

「い、イチャついてないしっ！」

熟れたりんごのように真っ赤になりながら御子が吠え返したその瞬間だった。

――Ｐｒｒｒ……

景光のポケットに入ったスマホがふと、無機質な着信音を響かせた。

「あれ？　衣良君、電話が……」

春木が景光の胸元を指差して、控えめに告げる。

「あ、あぁ。すぐに戻る」

景光はそれだけ言い残して、ミステリオーサたちの元から離れた。近くにあった公衆トイレの裏に回り込んだ彼は周りに人の目がないのを確認してから電話を取る。

「はい。景光です」

『モテモテのところ水を差して悪かったな。爆発しろ』

発信者はキャサリンであった。

「爆発とは？　まさか……ここで爆破テロを起こせということですか？」

『全然違う。景光、今芝生公園にいるだろう』

「……近くにいるのですか？」

『あぁ、仕事がある程度片付いたんで散歩に来たんだ。いや、そんなことはどうでもいい。落ち着いて聞け、景光』

キャサリンは電話越しにすぅ、と短く息を吸い込んで――

『怪しいやつがお前らをつけている』

景光はスマホを耳から離して辺りを見回すが、周囲に怪しい人影は見当たらない。いるのは芝生を駆け回る子供たちや敷いたシートの上でのんびり過ごすカップルだけだ。

だが、

「……なるほど。迂闊《うかつ》でした。視線を感じます」

常人であればまず気づかない程度の気配。それを俊敏に感じ取った景光はやや緊張感を含んだ声色でキャサリンに返す。

御子の異能では襲撃は起こらないようだったが尾行者がいる以上、やはり警戒を解くわけにはいかない。

『おそらくオリエンタル・ファミリーの構成員だろう。やつの動きは見張っておく。それと景光たちの動きも把握しておきたい。ＧＰＳをオンにしておけ。油断するなよ』

それだけを言い残して、キャサリンは電話を切った。スマホをポケットにしまった景光は何事もなかったように御子たちの元へと戻る。

「すまない、遅くなった」

「何の電話？」

「仕事についてだ。別件のな」

御子に尋ねられるが、景光は事実を伏せた。

「仕事……ですか？」

「あぁ。アルバイトを始めようと思っていてな」

小首を傾《かし》げる春木に、取り繕ったような笑みを浮かべて景光が答える。

ここに御子がいるのであれば、その身に危険が迫っていることを知らせた方がいい。
しかし、ここには春木もいる。真実をそのまま伝えるわけにはいかない。
（……だが、ちょうどいい頃合いだろう）
脳裏に引っかかり続けている、たった一つの悪い予感。
それが正しいのか、はたまた杞憂《きゆう》なのか……確かめるにはいいチャンスだ。
「みっちゃん、これからみんなで雑貨屋さん行こうって話してたんだけど来れる？」
不安げに尋ねるミステリオーサの頭をぽんと軽く叩《たた》いて、景光が笑顔を取り繕った。
「あぁ、急ぎの仕事じゃない。行こうか」
斯《か》くして景光たちは芝生公園内にある雑貨屋へと歩みを進める。
怪しいやつらがつけているとは言ったが、今のところ敵の姿は捉えられていない。
だが、必ずどこかのタイミングでは何かアクションを起こしてくるはずなのだ。
（さぁ、どこで仕掛けてくる……？）

＊＊＊＊＊＊

それから景光たちは雑貨店でショッピングを楽しんだが結局、敵は現れなかった。

普段以上に警戒して護衛任務に当たったが、まだ相手は何も動きを見せてこない。

「あははは！　もしかしてみっちゃんの方が似合ってるかも！」

敵に尾行されていることなど知らず、景光の頭を指差して爆笑するミステリオーサ。

景光の髪には今しがた雑貨店で購入された蝶の髪留めがつけられている。

御子が普段つけている蝶の髪飾りとよく似たデザインのヘアアクセサリーを見つけて、ミステリオーサが衝動買いしたものであった。

「ぷふふ……かわいいですよ、衣良さん」

春木が景光の頭についた蝶を見て、堪《こら》えきれずに笑いを零《こぼ》す。

「御子、似合うか？」

「お願いだからやめてくんない？」

真顔で問う景光にまた真顔で返すのは御子だ。

「えー、似合ってるのにぃ？」

「真に受けてこれつけて登校してきたらどうすんのよ。こいつ賢そうに見えて案外バカだからやりかねないわよ」

不満げなミステリオーサに御子は呆れつつ、景光の頭についた蝶の髪飾りを外す。

「でも、これで御子ちゃんとペアルックになれて嬉《うれ》しいなー。友達みたい！」

「あ……あぁそう」

　嬉しそうに飛び跳ねるミステリオーサに不愛想《ぶあいそ》に返しながらも、御子はほんのりと頬を赤らめる。

クラスメイトたちが友人とお揃《そろ》いのグッズをつけているのを見て（アホらし……）と思いながらも、実は少しだけそういうのに憧れていた彼女である。

「というか、結構遊んじゃいましたね」

景光たちが店を出るなり、春木が夕焼け空を見上げながらぽつりと呟《つぶや》く。

公園へ来てすぐの頃はまだ明るかった空も今ではほんのりと薄暗くなっており、芝生の広場からはすっかり人が捌《は》けていた。

「名残《なごり》惜しいけど、そろそろ帰るかぁー」

頭の後ろで手を組んでミステリオーサが言うと、春木は「そのっ」と小さく声を漏らして勢いよく頭を下げる。

「きょ、今日は本当にありがとうございました！」

「別にお礼とかいらないよ？」

「そうそう。なんだかんだアタシも楽しかったし？」

ミステリオーサと御子がニッと微笑《ほほえ》むと、春木は感動したようにわずかに身を震わせてから「はいっ！」と快活な笑顔を弾《はじ》けさせる。

傍から見れば微笑ましい一幕だが、これでハッピーエンドとするわけにはいかない。

──景光には一つだけしなければならない仕事がある。

「ねえ、アンタたち。まだ時間ある？」

「あるけど、御子ちゃんどした？」

「よかったらさ、最後にあれだけ乗って帰らない？」

御子はどこか気恥ずかしそうに顔を朱に染めながら夜空を指差す。

そこにあったのは、芝生公園の中央に佇《たたず》む大観覧車──『そらくじら』だった。

全長九〇メートルにもなる観覧車。昼は真っ白だった軀体《くたい》が今は青色の照明にライトアップされてさらに存在感を誇張している。全国でもトップ一〇には入る巨大な観覧車だ。

「いい提案ですね！」「おお、いいね！　中で写真撮ろっ⁉」

盛り上がる春木とミステリオーサだったが、なぜか御子は一瞬だけ間を置いて険しい表情で問いかけた。

「……ホントに乗る？　結構値段するらしいけど」

「お金より思い出でしょ。うわ、ボク今名言出た」「私は乗りたいです！」

ミステリオーサたちは乗る気満々だ。

だが、ただ一人——景光だけが首をゆっくりと横に振った。

「すまないが、俺はパスだ」

景光の発言に、しんと辺りが静まり返る。

「えぇ！　悲しいです……」「え、何で？」「空気読み検定〇点なんだが」

悲しそうな春木、冷ややかな瞳で景光を見る御子とミステリオーサ。

景光はコホンと咳払《せきばら》いを一つ挟んでから、

「……高所恐怖症なんだ」

やや頬を赤らめつつ、消え入りそうな声で呟いた。

「あははっ、そうだったんですね！　嫌われたのかと思ったので安心しました！」

「クールなフリして高所恐怖症とか……ぷふ、ぷふふ」

ホッと胸を撫《な》で下ろす春木と、ぷるぷる震えながら笑いを堪える御子。

一方、ミステリオーサは怪訝《けげん》な表情と共に首を傾げる。

「あれぇ？　みっちゃん、観覧車ダメだったっけ？」

「あぁ。ジェットコースターみたいな一瞬で終わるやつは大丈夫なんだが、長い間高い所に閉じ込められる観覧車は苦手でな」

「なーるほど。観覧車はダメ、と」

リオーサである。

景光との遊園地デートをシミュレーションしつつ、脳内にしっかりとメモを残すミステ

「そういうわけだから、三人で楽しんできてくれ」

申し訳なさそうに頭を下げた景光に、御子は茶髪をぐしぐしと掻《か》いてため息を漏らす。

「まぁ、事情があるなら仕方ないわね。景色の写真は撮ってきてあげる」

「よろしく頼む」

景光が手を振ると、三人は観覧車の方へと楽しげに談笑しながら歩いていった。

その後ろ姿が物陰へと消えていくのを見送ってから、景光は――

「――そこにいるんだろう？」

徐《おもむろ》に制服のポケットから取り出した煙幕弾を雑貨店の裏へと放り投げた。

直後、ボン！　と鈍い爆発音と共に聞こえてきたのは男がむせ返る声。

景光が店の裏へと回り込むと、そこには両膝に手をやって咳《せ》き込む若い男の姿があった。

景光は男の髪を引っ張り、無理やり上げさせたその顔面に強烈な膝蹴りを炸裂《さくれつ》させる。

「あがっ……！」

情けない声を上げ、大の字になった男に景光は冷たい視線を投げかけた。

「お前が俺たちをずっとつけてた尾行だな？　どこの組織に使われているか言え」

「そ、組織……？」

「とぼけるな。次は前歯を折る」

派手な花柄シャツを着た男の胸ぐらを摑《つか》んで、再び膝蹴りのモーションに入った景光に男は「待て待て待てッ！」と両手で『T』の字を作る。

「組織ってのが何のことかは分からねえ！　俺はただスーツ姿の二人組にお前らを三〇分間バレずに尾行できたら金をやるって変な話を持ち掛けられて……ッ！」

「何……？」

男の自白に、景光の額からつぅ、と冷たい汗が一筋流れた。

――任務遂行上、重大なミスを犯している。

それに気がついた瞬間、景光は「くそッ！」と悪態を吐き捨てて男の首筋に強烈な手刀を振り下ろした。

バタンと再び仰向けに倒れて失神した男に目もくれず、景光は額に玉の汗を浮かべながらスマートフォンを取り出す。電話を掛ける先は、ミステリオーサ。

「ミステリオーサ、聞こえるか⁉」

『え、みっちゃん？　何さ、そんなに慌てて』

「その観覧車には乗るな！　今すぐ列を抜けろ！」

『ほえ？　もう乗ってるけど』

「何⁉　くッ、また連絡する！」

今しがた通話を終えたスマートフォンを強く握りしめる景光。

男の言葉が真実だとしたら、彼は景光の気を引くために雇われた『囮《おとり》』である。

（観覧車を停止させれば……まだ間に合うかもしれない！）

限りなく細く、頼りない希望を抱きつつ観覧車へと急行する景光の胸ポケットでまたスマートフォンが着信音を奏《かな》で始める。

電話の発信者はキャサリンであった。

「情報を共有します！　現在、ミステリオーサは観覧車『そらくじら』に――」

矢継ぎ早に状況を報告する景光だが、それを遮ってキャサリンは「ははっ」と一笑してから彼の言葉を遮った。

「まぁ落ち着けよ、景光。お前が心配するようなことは起こらない」

「なぜそんなことが言い切れ――」

その瞬間、電話越しに届いたのはびゅおお、と風が吹き抜けていく音。それを聞くだけで景光には、キャサリンがもうこの公園にいないことがすぐに分かった。

「先輩は、今どこに……」

『屋上だ。式部《しきぶ》メトロポリスグランドタワーのな』

式部メトロポリスグランドタワーといえば、景光たちがいる公園から三〇〇メートルほど離れたところに建つ高層ビルだ。その高さは『そらくじら』より約二〇メートル高い。

「ということは、つまり敵は……」

震え声の景光に、キャサリンはふんと小さく鼻を鳴らして淡々とした口調で答えた。

『あぁ、相手はスナイパーライフル持ちのヒットマン二人だった。もう始末してある』

式部メトロポリスグランドタワーの屋上から『そらくじら』はスナイパーの感覚からすればそう離れていない。さらにいえば観覧車までに遮蔽物となる高層建物もない。並の腕前のスナイパーならまず外さない好条件が揃っている。

「先輩は気づいてたんですか？　あれが囮だと」

『あぁ、途中からだがな。尾行にしてはスキル不足だと思ったのさ。この借りはギネスビール一ダースで手を打とう。玉入りの缶のやつだぞ。間違えるなよ』

ふっと景光が笑うと、その反応に満足したのかキャサリンも『はっ』と小さく噴き出してから『じゃあな』と言い残して電話を切った。

それからミステリオーサたちが乗り込んだゴンドラは特に何も起こることはなく、一周一五分の空中散歩を終えて無事に地上へと戻ってきた。

「よう、楽しかったか？」

何事もなかったように景光が問うと、標的になっていたこともつゆ知らないミステリオーサが「じゃーん！」とスマホで撮影したらしい写真を見せつけてくる。

「見て！　頂上からだと海が見えるんだよ！　あ、ツイート忘れてた！」

慣れた手つきでミステリオーサが写真をSNSにアップすると、瞬《また》く間に彼女のファンと思《おぼ》しきフォロワーたちから波のような『いいね』が押し寄せた。

「さて、と」

景光はヒットマンが潜んでいた高層ビルを見上げながら、大きく伸びをする。

キャサリンには手間を取らせたが、おかげで景光はこの任務の【構造】を理解した。

御子の元に届いた脅迫状。

景光たちがいるときにしか起こらない襲撃。

こちらの動きを予測したかのような敵の動き。

情報量は十分だ。だが、一つだけピースが足りていない。それを手に入れるには――

（そろそろ……仕掛けようか）

mission3　狼煙を上げよ

観覧車での襲撃未遂から翌日。

いよいよ部活に純夏《すみか》が復帰し、御子《みこ》たちは遅れを取り返すかのように猛練習に励んだ。

平日はもちろん土日も欠かさず練習、練習、練習……。

景光《かげみつ》に協力できることは少なかったが、それでも差し入れを持って行ったり、部室の整理整頓を行うなどマネージャー的な立ち振る舞いで彼女たちを支え続けた。

——そして、いよいよライブを翌日に控えた夜のこと。

「……よし、これでいこう」

自室にこもっていた景光は、作戦を書き上げたノートの上にボールペンを転がす。

予測される事象とその対策が細かい字でそこには書き連ねられていた。

だが、どれだけ優秀な作戦を考案したとしても実行に移すには上司の承認が必要だ。

景光が執務室へとつながるドアを開けると、もう二三時を過ぎたにも拘《かか》わらずキャサリンがノートPCに向き合っていた。

「ミステリオーサはもう寝たのか？」

キーボードをタイプしながら問うキャサリン。

「はい。一時間ほど前に」

景光が首肯すると、彼女は「そうか」と呟《つぶや》いてノートPCを閉じる。

「作戦を考えていたんだろう？　どれ、聞かせてもらおうか」

「はい。少々長くなりますが――」

前置きをして景光がノートを開く。その直後、キャサリンの腹がグゥと低い声で鳴いた。

「……腹が減ったな」

「何か夜食を買ってきましょうか？」

景光が尋ねると、キャサリンはジッポを弾《はじ》いてラッキーストライクに火を点《つ》けてから短く紫煙を吐き出した。しばし沈黙が続いたあと「なぁ」とキャサリンが呟く。

「食事がてら、少しドライブにでも行かないか？」

「ドライブ……ですか？」

唐突な提案に、景光は眉をひそめて振り返る。

「少し行きたい場所があってな。そんなに三十路《みそじ》の独身女とのデートが嫌か？」

「いえ、そういうわけではないですけど……」

「なら良かった」

キャサリンはタバコのフィルターを噛《か》み、懐《ふところ》からバイクのキーを取り出しながら言った。

「作戦会議とは別で、ちょうどお前と話したいことがあったんだ」

＊＊＊＊＊＊＊＊＊

「行きたい場所ってここだったんですか？」

「この街ではこれが有名なんだろう？　一度食べてみたかったんだ」

キャサリンの運転する大型バイクの後部座席に揺られてやってきたのは二四時間営業のラーメン屋であった。固定席はなく、立ち食いスタイル。メニューはラーメンとチャーシューメンしかないが、この街では長年愛される有名ラーメン店だ。

「お待たせしましたー」

食券を店員に渡して二分ほどで二人にラーメンが届けられる。豚骨ベースのスープ、具はチャーシュー二枚と小盛りのもやし、青ネギが少々というシンプルな風貌だ。

恍惚《こうこつ》とした瞳でラーメンを一瞥《いちべつ》してキャサリンがトン、とカウンター席に置いたのは缶ビール。飲み物の持ち込みがＯＫなので、酒を飲みつつラーメンを楽しむ客も多い。景光が飲むのは給水機で汲《く》んだ冷水だ。どうやら帰りの運転は景光で確定らしい。

「……ふぅ。仕事終わりのビールはやはり最高だ。飲んでみるか、景光」

「酒は二十歳《はたち》からですよ。仮に俺が飲んだとしたら帰り誰がバイク運転するんですか」

「まったく。堅物だな、お前は」

ふっ、と微笑《ほほえ》んだキャサリンが缶を割り箸に持ち変えて麺の上にのっかったもやしの山をスープの海に沈める。

「……それで、話というのは？」

景光が尋ねるとピタリ、とキャサリンの持つ箸の動きが止まる。しばらく豚骨スープの湖面を見つめていたキャサリンだが、ずずと麺をすすってから淡々とした口調で言った。

「お前の将来のことだ」

「俺、ですか」

「あぁ。単刀直入に訊《き》くが……お前、この任務が終わったらどうするつもりだ」

「俺は……」

「景光。お前、この任務を【最後の仕事】にしようとしているな？」

しばしの沈黙のあと、景光はパチンと割り箸を割ってから観念するように口を開いた。

「……ええ。おっしゃる通りです」

「私はお前の上司だからな。お前を見ていれば何となく分かる」

キャサリンはスープの海を見つめてからビールをぐび、と喉に流し込む。

「覚えているか？　お前が教室内で発見した盗聴器を私に持ってきた時のことだ」

「もちろん、覚えています」

「あの時のお前は……鬼気迫っていた。お前がああいう表情をすることは今までなかった。私はあの顔を見て『こいつは何かをやり終えようとしている』――そう、思ったんだ」

「やっぱり味方は騙《だま》せませんね」

二人は揃《そろ》って小さく微笑んだあと、ずず、と麺を勢いよく啜《すす》った。

「妹の手術費用はもう十分貯《た》まったのか？」

「ええ。おかげさまで」

元はと言えば、難病にも指定されている心臓病を抱える妹の治療費を稼ぐために始めた裏稼業《かぎょう》。当初の目標を達成する日は徐々に近づいている。

「景光は……後悔しているか？　今まで自分が歩いてきた道を」

幸せな生活をしてきた者にしてみれば、景光が歩んできた人生は闇そのものだ。

親を失い、重病を抱えた妹を一人で養うためにマフィア組織【裁《さばき》】に足を踏み入れ、真っ当に生きる上で何の必要もないスキルを蓄えてきた。

多人数との戦い方、銃の撃ち方、敵の懐に潜り込む会話術……。

強くなるにつれて、だんだんと自分が真人間ではなくなっていくのが分かった。

でも、

「──後悔などありません」

景光は決然とした口調で答えた。

【裁】を抜けてストレイシープに入り、知ったのだ。

嫌でたまらなかった自分の『強さ』で、誰かを助けられることを。

キャサリンは景光の凜《りん》と輝く黒々とした瞳を見て、柔らかな笑みを浮かべる。

「そう言ってもらえると上司として光栄だ。お前がいなくなるのは寂しいが、去る者は追えないな」

好き好んでこの危険な仕事をやっているわけじゃない。

皆が皆、何かそうせざるを得ない理由があって自分の命を天秤《てんびん》にかけている。

組織側もそれを十分に理解している。だから去る者は追わない。追えない。

「いいタイミングかな、と思っています。この任務が終わればあいつも──ミステリオーサも、夢を叶《かな》えられるんですから」

「ミステリオーサは真っ当に生きる道を選ぶだろうか」

「俺がここを去れば、あいつはそうするんじゃないかと思います」

自分がストレイシープを去り、ミステリオーサがそのまま鳴山学園高校で普通の女子高生として学校生活を謳歌《おうか》する……そうなるべきなのだ——そう景光は改めて強く思い、折れんばかりに割り箸を握りしめる。

「私もそれがあるべき姿だと思う。それにしても、感慨深いな。あいつがもし普通の高校生として学園生活を送れるんだったら」

「そうですね」

母国の戦争のせいでミステリオーサは孤児となり、マフィアに雇われた。そのマフィア集団をストレイシープが壊滅に追いやってから、ミステリオーサは景光たちの仲間になった。それからキャサリンと景光は彼女に勉強道具を買い与えたり、交代で勉強を教えたり、時には喧嘩《けんか》もしたりして——……

いつの間にかミステリオーサは景光たちにとって、まるで我が子のような存在になっていた。

「本当は、行ってほしくないんだがな」

厨房《ちゅうぼう》で湯気を上げる寸胴釜を見つめながら呟くキャサリン。今までに見せたことのない彼女の弱々しげな面立ちに、景光は何かで縛られたようにきゅっと胸が苦しくなる。

「すまない。今のは独り言だ」

キャサリンは自嘲《じちょう》気味に笑って、呷《あお》るように缶ビールを喉に勢いよく流し込んだ。

「それはそうと、作戦の方を聞かせてもらおうか。今の状況は？」

湿っぽい雰囲気を嫌ってか、キャサリンがやや強引に話題を切り替える。

「解決の糸口は摑《つか》めています。ですが、――まだ嵌《はま》っていないピースがある」

すでに景光は今回の任務の【構造】を摑んでいる。

だが、真相を知るにはもう一仕事する必要があった。

「嵌らないピース、か」

「今回の任務を完遂するために必要なことは二つ。まず一つ目は、オリエンタル・ファミリー。やつらの内情を徹底的に調べ上げることです」

「任せておけ。情報収集は得意な方だ」

「助かります。そして何より二つ目は黒幕にすべてを吐き出させること。そこで、考えた作戦なのですが――……」

景光は彼女の耳元に口を寄せて、作戦の内容を語る。それを聞いたキャサリンは、氷のように冷めた瞳に珍しく狼狽《ろうばい》の色を浮かべた。

「正気か？」

「俺はいつでも正気ですよ、先輩」

景光の熱い視線と、キャサリンの冷たい視線が交錯する。

この世に景光とキャサリンしかいなくなったかのような沈黙。

それを先に裂いたのは、キャサリンの方であった。

「まぁ、お前が言うのなら考えなしというわけではないのだろう」

神妙な顔つきを解いて、キャサリンがニヤリといかにも悪党らしい笑顔を湛《たた》える。

「イカれた作戦だ。だが……悪くない。滾《たぎ》るな、景光」

「ええ、久々の鉄火場らしい鉄火場です」

景光はくつくつと笑みを零《こぼ》したあと、迷いのない口調で告げた。

「──ストレイシープ第二、第六、第一七小隊に応援要請を願います」

＊＊＊＊＊＊＊＊

その翌日、日曜日。天候は良好。

六月にしては不思議なくらいに綺麗《きれい》に晴れ上がった空の下、御子はミステリオーサや純夏と共にライブ会場の設営を行っていた。

場所は鳴山《なりやま》駅前の噴水広場。

ここ鳴山駅は市街中心部に位置するターミナル駅であり、日々三〇万人近い人々が利用する。休日となると特に利用客は多く、まだライブが始まっていないにも拘《かか》わらず御子たちの周りにはわらわらとたくさんの観客が集まっていた。

「せんぱーい！　音オッケーっス！」

「了解！」

アンプにつないだギターをじゃんと鳴らす純夏に、御子がグッと親指を立てる。

カテドラル姉妹のせいで憂《う》き目に遭った純夏も完全復活。丈夫な女である。

「ついにライブね。ミステリオーサ、ガンガン動き回っちゃって盛り上げちゃって！」

ニッと微笑む御子に、ミステリオーサはキラリと瞳を輝かせる。

「え⁉　それってマ⁉」

「マ、よ。だってそっちの方がお客さんも楽しいでしょ？」

「やったーっ！　バク転しよっ！」

「バク転はダメっ！」

ミステリオーサの背中に、御子が一発軽い平手打ちを食らわせたその時、御子のスマホがポケットの中でぶるぶると震えた。長い振動。着信だ。

御子はちらりと腕時計を一瞥《いちべつ》してから、草むらの陰に身を縮める。

電話の発信者は景光。

「アタシだけど。アンタ、もうすぐライブ始まるわよ。早く来なさい」

『あぁ、実はその件なんだが……少し到着が遅れそうだ』

「えぇ？　アンタ、こんな日にさぁ……」

やや不服そうな声色の御子に、景光は『すまない』と申し訳なさそうに返す。

『突発の仕事が入ってしまってな。今それが終わってそっちへ向かっているところだ』

「結構人集まってるから前の方じゃ聞けないかもしれないわよ？」

『分かった。間に合いそうにないから電話越しで伝えるが……ありがとう』

「……何の礼か分からないわ」

『ミステリオーサのことだ。軽音を通して御子はあいつの人生に彩《いろど》りを与えてくれた。お前じゃなければ、できなかった仕事だ。いくら礼をしてもしきれない。だから──』

ふと御子の脳裏に蘇《よみがえ》る。

練習中、うまく歌えたと喜びを噛《か》み締めるミステリオーサの姿。心の底から音楽を楽しむ者だけが見せる、向日葵《ひまわり》のような弾《はじ》ける笑顔。

でも、それも今日で──

「やめなさいよ、アンタ。ライブの前にさ」

じわりと目頭が熱くなるのを感じて、御子は景光の言葉を半ば無理やり遮った。

『すまない。確かにライブの前にする話じゃなかったな。では、健闘を祈る』

電話が切れた。

御子は小さく身を屈《かが》めながら、精神を右手に集中させる。

ふわりと浮いた球体には何も映し出されていない。

「……よし」

スマホをポケットの中にしまって、再び御子が観客の前に出る。

空を仰いで大きく息を吸い込むと梅雨の時季とは思えない、乾いた爽やかな空気が胸を満たした。

「先輩！　時間っス！」「よーし！　いくぞーっ！」

純夏とミステリオーサが右手を振り上げる。

一五時――いよいよライブ開始の時間だ。

「……ねぇ、ミステリオーサ」

一五時を迎えてもライブ開始を宣言しない御子に、ミステリオーサは間の抜けた表情と共に目を見開く。

「へ？　御子ちゃんどした？」

「アンタさ。この一ヶ月間……楽しかった？」

ミステリオーサはしばらくぽかんと口を開けて立ちすくむが、やがて弾けるような無邪気な笑みを御子へと投げかける。

「当たり前すぎて草。でも、これからはもっと楽しいよ？」

子供のような無垢《むく》な笑顔に、御子は虚を突かれたように息を吸ってから目を潤ませた。

（そんな顔、しないでよ……）

また御子の目頭が熱くなって、じわじわと涙が溢《あふ》れてくる。

「あれぇ⁉　御子ちゃん泣いてる⁉」「泣くの早いっスよ⁉」

「なんでもないわよっ！」

御子はぐしぐしと手の甲で乱暴に目元を拭ってから、マイクの電源を入れた。

『皆さんこんにちは！　鳴山学園高校軽音部です！』

御子が告げると、観客たちから控えめな拍手が湧き起こる。

『今日はお集まりいただき、ほんと――っに！　ありがとうございます！　それでは、さっそくいってみましょう。【アオいきみ。】』

ライブが、始まった。

『切れたガットも　目に沁《し》みる夕焼けも　ホントの答えは知らないの』

『ねえ教えて　グラウンドの君　こっちを向いて笑ってみせて』

『姿を見せてよ　スターゲイザ――――――――ッ』

純夏が激しくギターをかき鳴らし、ミステリオーサの自慢のロングトーンが広場にこだまする。高らかに響く透き通った声に観客たちは魅せられ、波のような拍手が湧き起こる。

最後の楽曲の演奏が終わった。

『『ありがとうございました――っ！』』

額に浮いた汗を拭いもせず、御子たちが頭を下げると観客たちの拍手はさらに大きくなり、そこら中から指笛の音が響いた。二〇人ほどいた観客は「結構よかったね！」「ロングトーンやばかった！」などと感想を言い合いながら会場を去っていく。

目標にしていたライブを無事完遂し、真っ先に感情を迸《ほとばし》らせたのは純夏。

「校外ライブ、大大大成功っス――――っっっ！」

諸手《もろて》を挙げて喜びを爆発させる純夏につられるように御子がミステリオーサを強く、強く抱きしめる。

「うわっ、御子ちゃん⁉」

「うぅ……！　今まで、ありがとう……ミステリオーサぁ……！」

御子もこのライブに懸けた想《おも》いがあったのだろう。決壊したダムのように涙やら洟《はな》やらを流して、ミステリオーサと熱い抱擁を交わす。

「あはっ、御子ちゃん泣きすぎで草なんだが？」

「ミステリオーサ、ごめん……！　もう、こうするしか……ごめんなさい……ごめんなさい……！」

なぜか壊れたように何度も謝罪を繰り返す御子に、ミステリオーサはふんわりと優しげに笑って。

「大丈夫だよ、だって、御子ちゃんが思ってるようなことは起こらないんだから」

ミステリオーサの言葉に、御子が「え……」と呆《ほう》けた声を漏らしたその時であった。

――彼女たちの前方にピンポン玉程度の大きさの黒い球体が投げ込まれた。

刹那、球が発火し、猛烈な勢いで白煙が噴き上がる。

「ごほっ、けほォッ！」「ゴホッ、なんスかァ！　けほっ……！」

思いきり白煙を吸い込み、激しく咳《せ》き込む御子と純夏。突然の出来事に辺りを歩いていた人々は「なんだ⁉」「テロか⁉」などと騒ぎ、御子たちの元から離れていく。

(何なの、これは……⁉)

ミステリオーサを抱く手を離した直後、御子の耳が捉えたのはピーガガ、という電子音。

『ヒットマン三名、キル。ヘッドショット』

白煙の中から聞こえたのはデジタル無線の音声。御子が知らない男の声であった。

状況が分からず、ただ口を腕で覆って固まるしかない彼女を襲ったのは——

「ぐっ……」

——打撃。

背後から首筋を硬いもので殴られて、どさりと御子がその場でうつ伏せになって倒れる。

「先輩⁉」

悲痛な声で叫ぶ純夏。だが、彼女の身のすぐそこにも危険は差し迫っていた。

「純夏ちゃん、ごめんっ！」

「ふごっ⁉」

純夏の後ろ首に手刀を降ろしたのはミステリオーサ。間の抜けた声を漏らして失神した純夏をミステリオーサが背負い、煙幕の中から脱出を図る。同じく御子を背負い、白煙を裂いて飛び出したのは顔をフルフェイスヘルメットで覆い隠した男。

彼らは道路脇に停車させてあった白のセダンの後部ドアを開け、意識を失った二人を車内に詰め込んだ。ミステリオーサは助手席へ。運転席へ回ったのはフルフェイスの男。男が席に着いたと同時、無線のサイドボタンを押して通信を送る。

「ターゲット捕獲。またヒットマン三名のキルも傍受している。ご苦労だった」

仲間に状況を報告すると共に労《ねぎら》いの言葉をかけてから、男はヘルメットを外す。素顔を現した男に、ミステリオーサは「あはっ！」と快活に笑ってからシートベルトを締めた。

「なかなか思い切ったことを考えたもんだねぇ。――みっちゃん」

ヘルメットの男とは他でもない、景光であった。

「キャサリン曰《いわ》く、イカれた作戦だそうだ」

「そりゃそうだよ。まさかボクたちの方が悪役になっちゃうなんて」

「あぁ。でもキャサリンは言ってたぞ。悪くない作戦だ、って」

景光がアクセルを踏みしめる。ブロォ！　と嘶《いなな》きを上げる白いセダン。幾多もの車両を追い越しながら猛スピードで国道を北上していく。

『ターゲット車両二台、爆発炎上！』

『敵サイド、新規応援のヒットマン四名……キル。ハートショット』

『ターゲット車両一台確認。狙撃します――ヒット、ヘッドショット！』

景光たちが運転を続ける間も仲間たちは敵と交戦しているらしく、無線から次々に戦況が報告される。現在、ストレイシープ陣営に被害は発生していない。

「所詮チンピラか……」

景光が呆《あき》れたように呟いたその時、

「きたきたぁっ！　かかったよ、網に！」

双眼鏡を覗《のぞ》き込み、リアガラス越しに背後を確認するミステリオーサが嬉々《きき》とした声を上げた。バックミラーを景光が一瞥《いちべつ》すると三台、黒塗りのGTRが三車線を横並びに隊列を組みながら景光たちに迫っている。

（……想定通りだ！）

敵組織にとってこの作戦におけるキーマンは御子だ。

キーマンを奪われたとなれば総力を挙げて奪い返しに来るはずだ――その読みは見事に的中することとなった。

『こちらキャサリン。状況の報告を願う』

タイミングよく、キャサリンからの無線を受信する。

「敵車両三台の追尾あり。高速に入ります」

『了解。応援を一台そちらへ向かわせてる。首尾よくやれよ、景光』

加速を緩めず景光は高速道路のインターチェンジに向かう。速度そのままに料金所を通過し、本線に合流。バックミラーを確認すると、三台の敵車両が料金所のバーを破壊して高速道路まで乗り込んでくるのが見えた。

徐々に敵車両との距離が詰まってくる。

いよいよ景光たちを射程圏内に捉えたらしい敵組織は一斉に窓を開け、狙撃を開始。ダダダダとマシンガンが火を吹くが、その銃弾が景光たちの車両を貫通することはない。

「防弾仕様だ、アホ共」

連続的な銃声と跳弾音の中、景光がほくそ笑む。

景光の運転する白のセダンはすでに時速一三〇キロに到達しているが、徐々に距離を詰められていた。おそらく敵は時速一四〇キロ以上でこちらまで迫っている。

夕焼けに照らされる八角形の巨大なホール、西洋の城のようなホテル街、カラフルに光る大型家電量販店の看板……それらを横切ったところで、景光は――

（仕掛けるッ！）

――反撃を開始した。

間もなく時速一四〇キロに迫ろうというところで急減速。景光が速度を下げたことで左右、後方を敵車両に囲まれる。四方八方から銃弾を浴び、火花が迸る白い車体。

　だが、これだけの銃弾を食らいながらも景光は冷静さを失わない。

「ミステリオーサ。銃は久々か？」

「久々だねー。当たるかなぁ？」

「構わない。ショータイムを始めよう」

「かしこまー。目にもの見せてやりますかぁ！」

　ミステリオーサはグローブボックスを引き開ける。その中から取り出したのは名銃Ｓ＆ＷＭ５００、それも二丁。ミステリオーサはうち一丁を景光に手渡す。左手でハンドル、右手で銃をしっかりと握り込む景光。直後、景光は右手に握った銃把《じゅうは》でスイッチを押し、運転席と助手席のパワーウインドウを同時に開放した。

「撃ち方始めッ！」

　景光の号令を機に二人がＳ＆ＷＭ５００を発砲。景光たちを挟んで左右の車線を走っていた敵車両の窓ガラスを粉砕し、彼らが撃ち出した銃弾は各々《おのおの》の運転手の頭部を捉えた。

　運転手を失った二台の車両はそのままガードレールに衝突し、爆発炎上。

「あはっ！　特撮みたい！」「ナイスだ、ミステリオーサ」

　互いの銃把をコツンとぶつけ合う景光たち。しかし、まだもう一台残っている。

後ろにつけていた車両は景光たちと並走しようと右車線に移動。窓の隙間から銃撃を仕掛けるミステリオーサだが、敵車両の助手席に座る男が金属製の盾を構えて銃弾を防いだ。

「あの盾硬ぁ！　どうする、みっちゃん！」

「今考えている……！」

　速度は保ちつつ残り一台の敵車両をどう駆逐するか思案する景光。

　その思考を遮るように合流車線からもう一台、猛スピードで本線に乗り込んできた。

「やっと来たぁ！」

　歓喜してミステリオーサが拳銃を握った手を挙げると、景光たちの左車線を並走するその車両の運転席側の窓が開く。

「いよう、随分と手をこまねいてるじゃねえか」

　口笛を奏《かな》でながら顔を覗かせたのは、景光が応援を求めた第二小隊の隊長——マーロン。

　軍服越しでも分かる筋骨隆々の肉体、剃《そ》り上げたスキンヘッド、猛禽《もうきん》類を連想させる鋭い瞳。常人であればまず関わりたくない風貌の男である。

「遅いよぉ！」

「もう少し来るのが遅ければ穴あきチーズになってたかもしれないところだ」

　どこからどう見てもカタギではない色黒の大男に景光たちが親しげに返す。

一五もの小隊を抱えるストレイシープの中で最も小規模でありながら、最も戦闘力が高いと呼ばれる小隊——それが、マーロン率いる第二小隊であった。

「悪かったな、景光。代わりにここへ来るまでに五台葬《ほうむ》ってきたところだ」

「だが、見たところ敵はそこまで戦闘に長《た》けているわけではないらしい」

「二流マフィアの少年兵の方がまだマシなレベルだな。さて……羽虫を払っておくか」

マーロンがいやに白い歯を覗かせて微笑《ほほえ》むと、彼の運転する車の後部座席の窓が開き、中からRPG‐7砲を構える仲間の女が姿を現した。

「どきな、景光！」

女が吠《ほ》えると同時、応援車両と敵車両に挟まれて運転していた景光はゆっくりと減速していく。景光の車が退いたことで初めて自分がRPG弾で狙われていることに気づく敵たち。慌てて速度を上げる敵車両だが、無意味な行動である。

颯爽《さっそう》と走り去っていく敵車両に今しがた発射したRPG弾頭が着弾。瞬時、敵が乗るGTRは耳をつんざくかのような爆音と共に炎上した。

「一台壊すにしては贅沢《ぜいたく》な弾頭だな！　こっちまで吹っ飛びそうになった！」

「昨日仕入れた特注品でホーミング機能付き。エテ公が撃ったって一発必中よ！」

マーロンが豪快に笑うと、後部座席から仲間の女も顔を覗かせる。

「アンタのところにも武器の経費はあるはずじゃあないのかい？」

「第二小隊と比べると雀《すずめ》の涙だ。それにその経費はキャサリンの酒代に消えている」

景光がわざとらしく肩を竦《すく》めると、第二小隊の二人はこの状況にも拘《かか》わらず快活な笑い声をその場に響かせた。

「ボク一人で戦車一台分だから大丈夫！」

ニッと白い歯を覗かせてミステリオーサが親指を立てたその時――

「また敵か……」

忌《い》まわしげに景光が表情を歪《ゆが》ませる。

インターチェンジから敵車両が二台合流。景光たちの車を縦に挟む陣形を取ってくる。

「別の小隊で相当数片付けたはずだが兵隊が多いな。ここは俺たちに任せてくれ」

「大丈夫なのか？」

「なぁに、蟻《あり》が何匹集まったところで象に勝てるかよ。行け、景光！」

拘束から抜け出そうと景光が加速するが、前を走っていた敵車両がすぐに逃げ道を塞ぐ。

だが直後、第二小隊の女が二発目のＲＰＧ弾頭を放ち、進路を妨害していた敵車両を吹き飛ばした。

「頼りになるねえー、第二小隊は」

「油断できないぞ。まだ相手がどれだけいるのか分からない」

景光は神妙な声色で返すと、後部座席で長く気を失っていた御子の口から「んん……」と苦しげな声が漏れた。

「遅い目覚めだな、ご令嬢」

景光が声を掛けると、御子はうっすらと目を開けてゆっくりと意識を取り戻していく。

一方、同時に車内に詰め込まれた純夏はまだ白目を剝《む》いて絶賛失神中である。

「高速道路……景光……車……え、車⁉」

ようやく自身が置かれる状況を読み取った御子の狼狽《ろうばい》が車内に響き渡る。

「楽しいドライブの最中だよ、御子ちゃん」

ニッと満面の笑みを投げかけるミステリオーサに唇を震わせながら硬直する御子。

「いろいろと訊《き》きたいことはあるが、それはまた後にしよう」

前を向いたまま淡々と告げた景光に御子が気圧《けお》されたように口を噤《つぐ》むと、またしても合流車線から二台の敵車両が合流を試みてくる。

「――ミステリオーサ！」

彼の意図を読んだミステリオーサはS＆WM５００の銃口を敵車両に向けて発砲。放たれた銃弾は敵車両一台の左前輪を捉えた。バランスを失った車両はそのまま壁面に衝突し、豪快にクラッシュする。

むふっ、と満足げに恍惚《こうこつ》の声を漏らしたミステリオーサがもう一台にも射撃を仕掛ける。

しかしその車両が急加速したことで、銃弾はタイヤではなくアスファルトにヒットした。

「は、外した！」

ミステリオーサが焦《あせ》りの滲《にじ》んだ声を上げたと同時、敵車両は景光たちの運転する車両の左車線について銃撃を開始してくる。

「応戦しろ！」

「してるよ！　でもめちゃくちゃ硬い！」

「向こうも防弾仕様か……！」

今まで景光たちが葬ってきた車両はすべて通常仕様だったが、ここにきて防弾仕様車の登場である。ＲＰＧさえあれば一撃で吹き飛ばせるが、景光たちの持つ武器は拳銃のみだ。

銃弾の雨を浴びてカンカンとけたたましく車内に響き渡る跳弾音。

（くそっ……耐えてくれ……！）

景光が乗る車も防弾仕様だが、ここまでに幾多もの銃弾を装甲に食らっている。

純粋な銃撃での殴り合いになったら先に根を上げるのは景光たちの車両だ。

悔しげに下唇を噛《か》む景光だが、

「み、みっちゃん！　御子ちゃんがいない！」

「何⁉」

ミステリオーサの叫び声に反応して、景光が運転席から振り返る。

彼女の言う通りそこには御子の姿はなく、後部座席は未《いま》だに意識が戻らない純夏が転がっているだけであった。

状況が理解できず、額に冷や汗を浮かべる景光。だが、その瞬間移動マジックの種はすぐに明かされることになった。

敵車両の後部座席の窓が開いて、そこから顔を出したのは。

「景光――――ッ！　ミステリオーサ――――ッ！」

景光たちに叫ぶ御子。

「みっちゃん、あれって！」

「あぁ、間違いなく【移動】の異能持ちだ。面倒なことになったぞ……！」

【移動】――それは、一度触れた人や物を自分の意図するままに動かせる力であった。

「逃げられちゃう！」

「させない……！」

速度を上げる敵車両に負けじと景光もアクセルを踏み込む。時速一五〇キロで並行しながらも銃撃戦。だが、敵の装甲が硬くミステリオーサの放つ銃弾が一切通らない。

「どうしよう！　全然効いてないよ！」

珍しくミステリオーサが取り乱し、自身の金髪をぐしぐしと苛立《いらだ》たしげに掻《か》きむしる。

（装甲よりガラスの方が脆《もろ》いのは確かだ。だが、あれも防弾仕様！）

景光が打開策を探る。だが当然その間にも敵からの銃撃は止《や》まず、景光の車両のエンジンボックスからは怪しげな白煙がくすぶり始めていた。

このまま撃ち合っても埒《らち》が明かない。銃弾を浪費するだけだ。だとすれば――

（やるしかない……！）

一か八かの作戦が景光の脳裏に降りてくる。

成功すれば敵を殲滅《せんめつ》できるが、失敗したらこの車内に銃弾を迎え入れることとなる諸刃《もろは》の剣の作戦だ。

「ミステリオーサ！　あのガラス、壊せるか！」

「無理だよ！　銃弾通らないもん！　あんなの硬すぎ……あっ」

何かひらめいたのか、ミステリオーサが緑眼を大きく見開いた。

「そうだ。銃弾が通らないなら通れるようにすればいい。お前の手で！」

電柱や車両を軽々と持ち上げる怪力の異能を持つ彼女であれば突破口を作り出せる――

そう確信しての作戦であった。

「できるかな……？」

「できるさ。戦車一台分なんだろう？」

無茶な作戦を思いついた時に景光が見せる悪党染《じ》みた笑み。その笑みにつられるように
ミステリオーサは同じく不敵な笑みを返してみせた。

「信じてくれるんだったら、ボクもみっちゃんのこと信じちゃおっかな！」

「――では、始めよう」

景光はハンドルを切って敵車両へと車体を寄せていく。景光の車両と敵の車両のサイド
ドアが高速で擦れ合い、ギャギャギャギャと耳障《みみざわ》りな音と共に舞い散る火花。

「この距離ならいけるッ！　ミステリオーサッ！」

大きく頷《うなず》いたミステリオーサは右手に【怪力】の異能を発現させる。義手に宿る、煌々《こうこう》
とした赤い光。覚悟を決めたようにカッ、と目を見開いた彼女は、

「うおらあああああああ――――ッッッ！」

右拳を自身が乗る助手席の窓ガラスへと振り下ろした。

いくら防弾ガラスであっても彼女の膂力《りょりょく》には耐えられない。防弾ガラスを粉砕し、その
のままミステリオーサは敵の運転席のドア縁に手を掛ける。

　敵はその手に銃弾を撃ち込むが、当然義手のため痛覚はない。限りなく人の手を模した造りではあるが、彼女の意志通りに動く金属アームを人工皮膚で覆った代物である。

「どう？　本物みたいでしょ？」

　何事もないように敵にニコリと微笑むミステリオーサ。

　敵は景光たちの車両と距離を取ろうとハンドルを切るが、ミステリオーサの右手がしっかりとドア縁を握り込んでおり、逃亡を許さない。

「みっちゃんッ！」「あぁッ！」

　景光はハンドルを右手で握ったまま左手で敵のヘッドショットを狙う。

　だが、狙いやすくなったのは敵も同じである。

　敵が銃口を向けた先は景光の頭部。

「脳漿《のうしょう》ブチ撒《ま》けろッ！」

「その言葉、そのまま返すッ！」

　罵声のあとに響く銃音。

　──それは景光の拳銃から放たれたものであった。

　時速一五〇キロで車両を走行させながらの射撃という状況ではあったが、彼の放った銃弾は確実に敵にヒット。額を穿《うが》たれ、血しぶきを吹き上げた男がガクリと項垂《うなだ》れる。

「やったぁ！」

歓喜するミステリオーサだが、まだ喜ぶのは早い。

「御子ォ――――――ッ！」

運転手を失ったまま自走する車両を止める方法は一つしかない。

「ガードレールに擦らせるんだ！　やれッ！」

ブレーキをかけずに車両を止めるには、摩擦抵抗の力を利用するしかなかった。

「で、できない……！」

「それしかないんだ！」

強い口調で一喝した景光に、御子は一瞬「ひっ……」と怯《おび》えた声を漏らしたあと助手席から運転席に手を伸ばす。

恐々とハンドルを握った御子は――

「らああああああああああ――――ッ！」

咆哮《ほうこう》と共にハンドルを大きく左に切った。

車両側面が壁面に密接し、サイドミラーがへし折れる。壁面と車両の接地面から凄《すさ》まじい勢いで舞い上がる火花。そのまましばらく壁面にサイドドアを擦らせたまま御子は車を走らせ、四〇〇メートルほど過ぎたところでようやく車は停止した。

「みっちゃん！　止まった！」

景光はハザードランプを焚《た》いて、御子のやや前方辺りで車を停車させる。彼が後方を見ると、GTR車の中では御子がハンドルを握りしめたままガクリと項垂れていた。

「御子ちゃん！」「御子、無事か？」

車を降りた景光たちが声を掛けるが、御子からの反応はない。

景光に撃たれた運転手を虚《うつ》ろな瞳で見つめている。

普段の御子からは想像もつかない、精気の欠片《かけら》もない濁った瞳。

「任務は成功だ。帰るぞ、御子」

何事もなかったような口調で景光が声を掛けるが、やはり御子からの返答はない。

硝煙の香りが漂う中、車から降りた御子は。

「……何でよ」

ぽつり、と。

砕けんばかりに歯を噛み締めて静寂を裂いた。

景光が訝《いぶか》しげに目を細めたその時。

「あああああああああああああ――――ッッッ！」

咆哮と共に御子が懐《ふところ》から抜き出した【それ】を景光の額へと向ける。

はあはあと呼吸を荒らげながら、御子が彼に向けたのはルガーＬＣＰ――アメリカ製の護身用小型拳銃であった。

しかし、銃口を向けられながらも景光たちの表情には一切の動揺が浮かんでいない。

（何なのよ、こいつら……ッ！）

命を危険に晒《さら》されていながら、なぜ二人が冷静なのか御子には理解できない。

「撃たないのか？」

「っ……」

「撃てないだろうな、お前には」

両手をスーツのポケットに入れたまま佇《たたず》む景光と、貼り付けたような笑みを継続するミステリオーサ。襲い来る恐怖と戦いつつも必死に御子は銃把《じゅうは》を握り続ける。

「明確な殺意を持った人間であれば、銃を構えた一秒後にはトリガーを引いている。御子――お前は人を殺したことがないだろう？」

すぅ、と景光が目を細めて御子を見据える。

「分かりたくないが、分かるんだ。この仕事が長いから。越えちゃいけないラインを越えた人間とそうでない人間の見分けがハッキリとできてしまう。職業病だな」

「だったら、アンタたちをここで殺す！　やるッ！　やってやるんだから……！」

そうは言いつつ、御子は震えから銃口を景光に定め切れていない。

初めて人を殺すことへの恐怖が津波のように彼女を襲う。

だが、御子は強く銃把を握りしめて離さない。

無表情で御子を見下ろす景光と、ガチガチと歯を鳴らしながら銃を構える御子。

しばらく膠着《こうちゃく》状態が続いたが――

「マガジンを見てみろ」

挑発するような笑みを浮かべて、景光が御子の握る拳銃を指差す。

「マ、マガジン?」

「マガジンも分からず銃を握っていたのか。銃弾の装塡状態を確認しろと言ってるんだ」

懐疑的な瞳で景光を一瞥《いちべつ》し、御子は震える指でトリガー付近のボタンを押した。

マガジンがカシャン、と軽い音を立てて地面に落ちる。

さすがに素人《しろうと》の御子でもその音を聞けば分かった。

――銃弾が装塡されていない。

青ざめる御子に笑みを向けつつ、ミステリオーサが拳を前にゆっくりと突き出す。彼女が手を開くと、本来マガジンに装塡されているはずの銃弾が六つ、カランカランと空《むな》しい音を立ててアルファルトの上に転がった。

「弾の入っていない銃を向けられて狼狽《ろうばい》するやつはいない」

「御子ちゃんが寝てる間に弾抜いたんだよねー。危ないし、これ」

御子はもうこれ以外に武器を持ち込んではいない。

べったりと汗で額に貼りついた髪を払ってから、彼女は観念するように景光に向けた拳銃をその場に捨てた。

「ライブの直後、ミステリオーサを狙った襲撃を起こす予定だったんだろう？」

もう御子の表情に精気はない。

敵意も恐怖もすっかりと霧散し、抜け殻のような表情で首肯してから景光に問う。

「いつから気づいてたの？　アタシがアンタらの敵だって」

御子の手から落ちたルガーLCPを遥《はる》か遥へ蹴飛ばしてから、景光は語る。

「まず最初に違和感を抱いたのは、お前の元に届いたという脅迫状だ。敵の心理に立って考えると、脅迫状を送りつけるのはターゲットに警戒心を抱かせてしまう無意味な行為。

……あれを書いたのはお前だな？」

見事に言い当てられて、御子の口元に自嘲《じちょう》が滲《にじ》む。

「ええ。そうよ。あれはアタシが書いた」

「あと、これもお前が仕掛けたもののはずだ。俺たちが教室で任務に関する情報を話すわけがないから無駄になっただろうがな」

景光は懐からいつか教室で発見したコンセントタップ型の盗聴器を取り出し、その場に投げ捨ててから続ける。

「次はカテドラル姉妹の襲撃だ。俺はてっきりその時、御子に対して直接的な攻撃を仕掛けてきたのだと思った。だが、違うはずだ。思い返してみればあの時、カテドラル姉妹は――ミステリオーサを狙っていた」

「………」

「その時点ではまだ御子を黒幕だとは認めていなかった。……いや、認めたくなかった」

珍しく景光が昂《たかぶ》る感情を抑えつけるように固く拳を握りしめる。

「疑惑が確信に変わったのは観覧車だ。囮《おとり》の尾行を使って俺の気を引き、お前はミステリオーサと俺を引き離した。事前に式部メトロポリスグランドタワーにヒットマンを配置しておき、ミステリオーサが乗る観覧車を狙撃するよう指示を出していた。違うか？」

「その通りよ。あとからヒットマンが死んだことを知ったわ。でも、どうやって……」

「あの公園に偶然、俺の上司であるキャサリン・ワトソンがいたんだ」

ハッと大きく息を吸い、御子はわなわなと唇を震わせる。

「ヒットマン二人を殺《や》ったのはキャサリンだ。あの時、キャサリンが近くにいなければ、きっとお前の勝ちだった」

「もうその時点でアタシが黒幕だって確信してたってことね」

「あぁ。それと……観覧車に乗る直前、俺に頼まれて未来を視《み》た時にお前は『危険は迫っていない』と答えたが、実際には視えていたんだろう？」

「視えてないって言ったのはアンタを油断させるため。ま、無駄だったけどね」

ふっ、とニヒルな笑みをうっすら浮かべて、御子は風で乱れた髪に手櫛《てぐし》を通す。

最後に、と景光は続けて。

「仕上げが今回のライブを利用した襲撃作戦だ。これは俺の勘だが……お前がミステリオーサを抱きしめて動きを拘束し、その隙にミステリオーサを仲間に狙撃してもらう算段だったんじゃないのか？」

「ええ。何もかも正解よ」

「以上がお前の考えた作戦の全貌だ。正直、ライブ後にこちらが仕掛けた作戦は賭けだった。お前の異能でストレイシープが逆襲撃を仕掛けることを予測されていたなら、俺たちはもっと苦戦しただろう」

「ライブの前に異能で未来を視ようとしたけど何も映らなかったわ。もしタイミングよくアンタたちの襲撃を予測できたなら、また違う結末になっていたかもしれないわね」

だが、今ここにあるのは景光たちが勝ち、御子が負けたという事実だけだ。

もしもの話をしたって、時間を巻き戻すことできない。

今からまた新しい作戦を立案し、実行することは無論不可能だ。

(……終わりね)

胸中で呟《つぶや》いて、御子がゆっくりと瞳を閉じたその時。

「──だが、俺たちはお前を見限ったわけじゃない」

景光から放たれた言葉は、予想外のものだった。

「え？」

「お前はなぜ、ミステリオーサに『ライブ中に動き回ってほしい』なんて言ったんだ？」

「……ッ！」

淡々と告げられた一言に、御子の身体《からだ》が凍りついたかのように硬直する。

「スナイパーにとって標的が動き回るのは非常に厄介だ。ミステリオーサを殺すつもりなら普通そんな指示は出さないだろう」

「ど、どうして、それを……」

途切れ途切れに御子が呟くと、ミステリオーサはいたずらっぽい笑みを湛《たた》えて自身の白ドレスの襟元を裏返した。

そこにあったのは小型のピンマイク。

「じゃーん！　情報を拾うために録音させてもらってたんだ。ごめんね？」

ニッと白い歯の覗《のぞ》かせて笑うミステリオーサ。景光はふんわりと微笑《ほほえ》み、一歩前に出て御子に詰め寄る。

「つまり、お前がしたかったことは『ミステリオーサを抱きしめるまで仲間に狙撃しにくい状況を作ること』だ」

景光は作戦の全容を暴《あば》くだけではなく、御子の心の中さえも見透かしていた。

だが、一つだけ疑問がある。

「どうして、そこまで分かっててライブをアタシにやらせたの……？」

「確かにあのライブがミステリオーサを殺害するための作戦であることは分かっていたし、武力行使でライブ自体を中止にさせることもしようと思えばできた。だが、御子——」

すぅ、と景光は強い視線で御子を見据えて。

「——お前は作戦抜きにしても、あのライブをやりきりたかったんじゃないのか？」

核心を突くように告げられた一言に、御子は呼吸の仕方を見失ったかのようにハッと大きく息を飲み込んで、わずかに身体を震わせた。

「本当は嬉《うれ》しかったんじゃないのか？　ミステリオーサとデュエットを組めたのが。三人でライブができるのが。みんなで必死に練習してきた曲を披露できるのが。だから、お前はこのライブで『最後の襲撃作戦』を実行した」

悔しいが、景光の言う通りだった。

最初はミステリオーサをただの獲物としか思っていなかった。

だけど、クラスメイトの誰よりも気さくに話しかけてくれる彼女が。

ライブの成功のために一生懸命練習に付き合ってくれる彼女が。

――徐々に『本当の友達』のように思えてしまったのだ。

「情が移ったんだろう、ミステリオーサに。お前がミステリオーサを抱きしめながら泣いていたのはそういうことだ」

ふっ、と御子は小さく笑って。

「……そうね。ホントにアンタの慧眼《けいがん》はたいしたもんだわ」

弱り切った表情の御子を鋭く見据え、景光は続ける。

「御子を敵だと断定してから俺たちは徹底的にお前のことを調べた。だが、一つだけ分からなかったことがある」

「ああ。根本的な話だ。お前がなぜミステリオーサを狙うかが分からなかった」

「そんなの分かるでしょ？　力の原石よ」

「違うはずだ」

景光が一蹴し、鋭い目つきで御子を睨《にら》む。

「確かに俺たちはミステリオーサの持つ異能を狙った輩《やから》に今まで何度も襲撃を仕掛けられてきた。だが、お前自身がその異能を欲《ほっ》しているわけではないだろう」

苛《いら》立《だ》ちの滲む声と共に景光が表情を歪《ゆが》める。一歩、彼女に歩み寄った景光は彼女の黒々とした瞳をまっすぐ見据えながら尋ねた。

「お前は一体、どこの組織に使われている？」

瞬間、御子はピクリと表情を強張《こわば》らせる。

「そんなの決まってるじゃない。アタシはオリエンタル・ファミリーに――」

「それも嘘《うそ》だな」

景光は決然とした口調で否定してから、すぅ、と小さく息を吸い込んで。

「――オリエンタル・ファミリーなどという組織はすでに存在しない」

「なッ……」

「分からないこと？」

大きく目を見開いて言葉を失う御子に、景光はわずかに口角を上げてニィと不敵な微笑みを浮かべる。

「調べたのさ。お前が俺たちに依頼してきた数日前、オリエンタル・ファミリーは他マフィア組織との抗争で壊滅している。つまり、俺たちがずっと戦ってきたのは別の組織だ」

「だったら、カテドラル姉妹は……！」

「やつらは抗争の約一ヶ月前にオリエンタル・ファミリーを抜けてフリーの殺し屋に転身している。お前だってそれを知った上でやつらに俺たちを襲わせたはずだろう？」

「………」

「改めて訊《き》く。――お前はどこの組織に使われている？」

詰め寄られながらも、決して語らないという固い意志を見せつけるように御子が唇を真一文字に結ぶ。

「言えないよ、言えるわけない……！」

ぶんぶんと首を横に振って、御子は彼らを拒絶した。

景光は大きく目を見開いてから天を仰いで、何か考えるかのように顎に手を当てる。

「……そういうことか」

ぽつりと呟いた景光が黒々とした瞳をスッと細めて御子に迫った。

「誰かを、人質に取られているんだな？」

小さく息を飲みこんで御子がふいに景光から視線を逸《そ》らす。

その反応は、御子が真実を語ったのと同義だ。

「ミ……ミステリオーサを殺せば……人質は殺さないって言われて……」

「もうお前にミステリオーサを殺す術《すべ》はない」

御子だってそんなことは分かっている。

でも、一つだけ方法は残されている。

（そうよ、やつらから逃げればいい……！　アタシたちがいなくなれば、きっと——）

たった一つ、見出《みいだ》した逃げ道。だが、景光の答えは冷酷だった。

「大体何を考えているか分かるが、無駄だ」

一筋の光を閉ざすように告げた彼に、御子は感情を押し殺すようにギリリと強く奥歯を噛《か》み締める。

「雇用主から逃げて雲隠れするつもりだろう？　人質と一緒に。まさかそんなことが上手《うま》くいくと思っているのか？」

「バカにしないでよッ！」

自動音声のような平坦《へいたん》な声色で諭してくる景光に、御子が怒りを滾《たぎ》らせて吠《ほ》える。

やつらから逃げ切れる可能性なんて限りなく低い。でも、少しでも可能性があるのなら
それに縋《すが》りたい。

もう景光たちは自分を守ってくれない。だから、今度は一人で何とかするしかないのだ。

「だって、そうするしかないじゃないッ！　もうアタシには頼れる人なんていないのよ
ッ！」

だが、言葉とは裏腹に身体の震えが止まらない。

ガタガタ震えながらアスファルトに蹲《うずく》る御子を、何も言わずに見つめる景光たち。

（こわい。こわいよ……）

胸中で呟き、御子が溢《あふ》れてきた涙を服の袖で拭ったその時——

「ねえ、御子ちゃん」

ふと口を開いたのは今まで場を静観していたミステリオーサだった。

「……何よ」

御子が膝から顔を上げ、敵意の籠もった瞳をミステリオーサに向けたその瞬間。

「ボク、これからも御子ちゃんと一緒に楽しく学校通いたいなっ！」

彼女の口から語られたのは、場違いなほど呑気《のんき》な言葉だった。

「は……？」

虚を突かれたように間の抜けた声を漏らす御子。ミステリオーサは柔らかい笑みのまま、御子に歩み寄って視線を合わすようにしゃがみ込んだ。

「ライブでボクを殺せなかったら、きっと人質を殺される約束だったんでしょ？」

「そうよ。だから、もう逃げるしかないの」

「御子ちゃんはそれでいいの？　学校を辞めて、人質を連れて、震えながらこの先過ごすことになるけどそれでいい？」

子供をあやすような優しい口調は荒立った御子の心をさらに苛立たせる。

「いいわけないでしょ⁉　バカなの⁉」

ミステリオーサのドレスの胸元を摑《つか》んで御子が吠える。

「アタシだって普通に楽しく学校行きたい！　アンタたちとこれからも一緒にいたい！　でももう無理じゃんッ！　だってアタシは、アタシはっ……！」

ミステリオーサのドレスを握る手が震え、御子の瞳に涙がじわじわと溢れ出してくる。

悲痛な面持ちで吐き出される御子の想《おも》い。

だが、それを受けてむしろミステリオーサは――

「これからもボクらはずっと一緒だよ」

何事もなかったような、あっけらかんとした口調と共に微笑んだ。

「何、言ってんの……アンタ……」

表情を引きつらせて、御子が途切れ途切れに反駁《はんばく》する。ミステリオーサは彼女の身体《からだ》をぎゅっと強く抱きしめて、耳元で囁《ささや》いた。

「ボクね、夢だったんだ。女子高生になって友達と放課後一緒に遊んだり、部活をしたりするのが。それをね、御子ちゃんが叶《かな》えてくれたんだよ」

御子の茶髪を何度も撫《な》でながら、ミステリオーサは続ける。

「御子ちゃんはボクにとって大事な人。だから、御子ちゃんが悲しんでるところを見るのはボクも悲しい。これからもボクらがずっと一緒でいるために……教えてよ。御子ちゃんを苦しめる組織の名前を」

「それを言ったら、アンタたちは――」

「もちろん、そいつらを叩《たた》き潰《つぶ》す」「ん？　ぶっ潰すけど？」

景光とミステリオーサが声を揃《そろ》えて宣言した。

「でも、やつらと戦ってアンタたちが負けたら……！」

「あはっ！ 負けないよ、ボクたち。大事な人の命を賭けた任務なら尚更《なおさら》」

ミステリオーサが不敵に微笑《ほほえ》むと、景光も涼やかな表情で「だな」と続いた。

「お願い、救わせてよ。御子ちゃんのこと。大事な人が泣いてるところを見たくないんだ」

――ボクのわがままな夢を、もう一つ叶えてよ。

そう付け加えて、ミステリオーサは口を閉じた。

御子は景光たちの瞳を覗《のぞ》き込む。

それは一切の濁りもなく純粋無垢《じゅんすいむく》で、心の底から誰かを救いたいと願う者の目であった。

（アンタたちが、信じてくれるなら……）

御子は覚悟を決めるように瞳を閉じ、大きな深呼吸を挟んでから。

「――【裁】よ」

静かに、雇用主の名を口にした。

「【裁】……！」

忌《い》まわしき名を耳にして、景光が反射的に強く拳を握りしめる。

彼の脳裏にフラッシュバックするのは【裁】の元同僚——重松十五楼《しげまつじゅうごろう》の姿。

「人質っていうのは……」

「——羽倉崎《はぐらざき》純夏よ」

【裁】のやり方は景光が知る頃からまったく変わっていなかった。

何の罪もない人間を毒牙《どくが》にかけ、利用し、時には殺す。

燃え滾る怒りを何とか理性で抑えつける景光に対し、ミステリオーサがニヤリと不敵に口角を吊《つ》り上げる。

「キャサリンから聞いた話だと【裁】って最近急拡大してるらしいよ？　構成員数が設立から七倍くらいに増えてるっぽい」

「まだ半数近く残っているということか……思いのほか骨の折れる仕事になりそうだ」

景光が【裁】にいた頃の構成員数は一〇人程度。この数年間で随分と大きな組織に変貌したようである。

きっと残党の中に、重松十五楼もいるのだろう。

強く拳を握りしめてアジトのある方角を見つめる景光に、御子はぐしぐしと腫れた目を拭って強い眼差《まなざ》しを向ける。

もうそこに涙の痕は残っていなかった。

「景光、ミステリオーサ……お願い。アタシを、純夏を――助けて」

まっすぐ告げられた、その想い。

「まぁ本来ならこれ……」「追加報酬が必要なくらいの難関案件だが……」

景光はミステリオーサと互いに顔を見合わせてから、凜々《りり》しい口調で答える。

「――お友だちプライスだ。購買のカレーパン二つといちごミルク二つで引き受けてやる。それと、」

ぴんと人差し指を立て、ニィと悪党めいた笑みを浮かべつつ景光が御子に告げた。

「一つだけ御子に協力してほしいことがある。拒否権はないからな?」

ここにストレイシープと御子との新たな契約が結ばれた同刻、ようやく羽倉崎純夏は長い眠りから覚醒した。

「んん…………ほえぇ!?」

朦朧《もうろう》とした意識を醒《さ》まそうと目を擦《こす》る純夏。

記憶が定《さだ》かなのは駅前でのライブ終了直後、なぜか視界が白煙に覆われたところまで。

なぜ自分が車の中で寝かされていたのかがまったく理解できない。

「な、なんなんスかこれは……」

純夏はだるさが残る身体を何とか起き上がらせる。

真っ先に視界に入ったのは車内に残された拳銃二丁。窓の外には壁面に衝突し、スクラップと化したGTR車。高速道路上で深刻な顔のまま何かを話し込む景光たち。何かあったか理解できないが、彼らの付近にはもう一丁、拳銃が転がっている。

まるで意味が分からない。何がどうなったらこうなるのか理解不能である。

「えー……？」

呆《ほう》けた声を漏らしながら唖然《あぜん》としていると、

「うおおおおおいッ！　景光ぅ――っ！　ミステリオーサ――――っ！」

突然、野太い男の声が聞こえてきて純夏が体をビクリと震わせる。

恐る恐る窓から顔を出して声のする方へと目を向けると、遥《はる》か後方から一台のスポーツカーが猛スピードで迫ってきていた。

その車両から顔を覗かせるのは明らかにカタギじゃないスキンヘッドの男性。助手席から上半身を乗り出す女の肩にはロケットランチャーらしきものが担《かつ》がれている。

「ははぁ、なるほど……」

ホッと安堵《あんど》のため息を漏らして、純夏は再び後部座席に横になる。

「これ、夢っスわ」

眼前の光景がカオス過ぎて、そう結論づけた彼女はまた眠りの世界へと帰っていく。

この一時間で三〇人以上の破落戸《ごろつき》が景光たちの手によって葬《ほうむ》られ、御子と彼らの間に新たな契約が結ばれたことなどつゆも知らない羽倉崎純夏であった。

＊＊＊＊＊＊＊

同日、二二時を少し過ぎた頃。

景光とミステリオーサ、そして御子は同県某所にある山道に車を走らせていた。

目的地は【裁】の拠点事務所。

運転手の景光はミステリオーサと御子を乗せて、軽快に山道を進んでいく。

その最中、ミステリオーサのスマホが場違いに快活な着信音を響かせた。

ミステリオーサが白ゴスのドレスに斜め掛けしたポーチのチャックを開ける。敵に使用する液状睡眠薬や銃弾が詰められたそこからスマートフォンを取り出して、彼女は電話を取った。

電話の発信者はキャサリン。

「もすもすー？　こっちはもうすぐ着きそうだよ！」

『了解。運転は景光だな？　スピーカーにしてくれ』

「うい」

ミステリオーサが電話をスピーカーに切り替えると、静かな車内にキャサリンの声が響く。

『私だ。こちらも今バイクで追いかけている。襲撃に応援は必要か？』

「いえ、第二小隊との計四名で突入します」

『随分と小規模だな。他の小隊はどうした？』

「山の麓《ふもと》で待機させています。あまり人数が多くなると目立ちますので。それに不意打ちの襲撃はこれくらいの人数の方がやりやすい」

『そうか。劣勢になったらすぐに応援を呼べよ。無事を祈る』

キャサリンからの電話が切れる。

「すいすい行くわね。ややこしい道なのに」

ぽつりと呟《つぶや》いた御子に、景光は視線を向けずに返答する。

「あぁ。忘れたくても覚えているものだな。まったく、嫌気が差してくる」

【裁】を去ってから四年経《た》つが、それでもかつて通った道は明確に景光の脳内に記憶されていた。

それから車を走らせること二〇分。景光は山道の途中で車を停車させた。

「ここからは徒歩でいく」

景光たちが車を降りると、間もなくして別ルートでやってきたもう一台の車両が景光たちの車の横に停車した。中から現れたのは第二小隊の面々だ。

「よう、景光。静かでいい夜だ。鉄火場日和《びより》だな」

これから敵の本拠地に踏み入るとは思えない明るい声色で景光に声を掛けたのは第二小隊を率いるマーロン。その隣にはロケットランチャーを主な武器として戦う仲間の女。

「あぁ、騒がしい夜にしよう」

「そうだな。だが、そんな恰好《かっこう》で大丈夫か？　……特にミステリオーサ」

軍服に身を纏《まと》ったマーロンは元より鋭い瞳をさらに細める。

景光は下に防弾チョッキを仕込んだスーツ姿だが、ミステリオーサは純白のドレスにピンク色の斜め掛けポーチという出《い》で立ちである。

「今さらヤだなー、マーロン。これがボクの普段着で戦闘服だよ？　気合入るんだよね」

「実際それで戦えてるのを見てるから何も言えねえな。杞憂《きゆう》だった」

マーロンが笑うと、仲間の女は「早くおっぱじめようぜ、景光！」と肩に担いだロケットランチャーを得意げに空に掲げた。

「待たせてすまない。では、行こう」

草木をかき分けて道なき道をしばらく行くと、ふと視界が開ける。

そこに広がっているのは広大な空き地。その中央に佇《たたず》むのが、景光にとって憎き【裁】の拠点である木造二階建ての屋敷《やしき》だ。

「御子はここで待ってろ」

グロック17をスーツの内ポケットにしまった景光が言うと、御子は不安そうに眉をハの字に曲げた。

「待ってろ、って……」

「安心しろ。間もなくキャサリンがこちらに到着するはずだ。一人きりにはさせない。ここから先は俺たちの仕事だ」

「でも……」

裏社会に属する景光たちは幾度となく悪人を葬ってきた。しかし、御子は違う。【裁】に協力を強いられていたといえど、その点を除けば彼女は普通の女子高生だ。

「カタギの人間が見るには刺激が強すぎるんだよ。オーライか？　お嬢ちゃん」

口に咥《くわ》えたゴロワーズの紫煙を吐き出して目を細めるマーロンに、御子は一瞬ビクリと怯《おび》えたように肩を震わせてから小さく頷《うなず》いた。

「ようし、いい子だ。ところで【第四小隊の頭脳】さんよ。今回の作戦は？」

「茶化すなよ。作戦はシンプルだ。この建物は西側と東側に入口がある。俺たちは西側、第二小隊は東側から侵入を図る。敵を殲滅《せんめつ》しつつ、そのまま階層を上がってくれ。そうしたらいずれ落ち合う形になるだろう」

「オーケー、分かりやすい作戦だ」

マーロンが笑うと、ミステリオーサは異能を宿らせた赤い右拳を振り上げる。

「よぉーし！　それじゃあ行きますかぁっ！」

景光は大きく頷いてから、無線でキャサリンに作戦始動を宣言した。

「――時刻二二四五、状況を開始します」

＊＊＊＊＊＊＊＊＊

ところ変わって屋敷の一階。

「よっしゃあ！　上がりぃ！」

歓喜の声を上げる無精髭《ぶしょうひげ》の大男の周囲にいた五人は辟易《へきえき》とした表情で「あー、クソが！」「またかよぉ！」などと悪態を漏らしてテーブルの上に余ったトランプを投げ捨てる。

肥満体の大男は億劫《おっくう》そうにしながらも嬉《うれ》しそうに立ち上がり、ホワイトボードに書かれた『+14500円』の文字を『+25000円』に書き換えた。

彼らはミステリオーサ殺害作戦のために召集された【裁】の構成員。鳴山駅前に駆り出された第一軍が苦戦した場合、次に駆り出される第二軍である。

しかし、御子からは『第一軍で作戦を完遂できた』と知らされており、暇を持て余した彼らは呑気《のんき》に賭け大富豪に興じていた。

「にしても仕事なくなっちゃいましたねぇ」

現在一番負けが込んでいる細身の男がうわごとのように呟く。

「たった一人の女殺《や》るのに何人突っ込んでると思ってんだよ、バカ。元々俺たちの出る幕なんてなかっただろ」

大男がジーンズのポケットに手を突っ込んでタバコの箱を取り出す。ピンと指で蓋を弾《はじ》くが、その中身は空であった。

チッと舌を鳴らす大男の元に現れたのは、二階から降りてきた仲間の男一人。

「佐川《さがわ》さん、見張り番交代です」

「あー、タバコ買ってからな」

「え……もう俺七時間も見張ってるんですけど……」

「うるせえな！　すぐ戻るよ、すぐに！」

苛立《いらだ》たしげに拳でテーブルを叩《たた》いた大男が席を立つ。屋敷を出た彼だが、愛車のバイクを使っても山を下るには三〇分はかかる。大富豪の途中にも催していた彼が用を足そうと草むらに向かってポロンしたその時であった。

「小便か？」

聞き慣れない声。男は訝《いぶか》しみながら声のした方へと視線を向ける。

男が見たのは——自身の額にグロック17の銃口を向けて微笑《ほほえ》む景光の姿であった。

「お前は、衣良《いら》……！」

「久々だな、佐川」

挨拶代わりに放たれた弾丸。鮮血を撒《ま》き散らしながら絶命する男。

『一名キル。ヘッドショット！』

景光が無線でキャサリンに連絡した直後、ミステリオーサが男の腕をむんずと摑《つか》んでそのまま木製のドアの方へと放り投げる。

「そぉれい！」

男の身体《からだ》が吹き飛び、屋敷の入り口ドアに激突。元々朽ちかけていた木製のドアは大破。突破口を作り出した二人は雪崩れるように屋敷内へと侵入を図る。

なぜかイチモツ丸出しの大男の遺体と共に踏み込んできた景光たちを見て、恐怖と驚《きょう》愕《がく》を綯《な》い交《ま》ぜにした声を上げる破落戸たち。

「おい！　どうなってやがる！」「ひぃぃ！　あのガキ生きてんじゃねーか！」

ガタガタと震える破落戸たちをミステリオーサは「あはっ！」と快活に笑ってから、ニイと口角を吊《つ》り上げる。

「御子ちゃんからボク死んだって聞いたんでしょ？　それダウトー」

「「うわあぁぁぁぁぁぁぁ――――ッッッ！」」

半狂乱状態の彼らが銃を構えたと同時に景光とミステリオーサは床を転がり、回避行動を取る。敵の銃弾が貫いたのは景光たちの心臓ではなく床。

「下手だな。銃が泣くぞ」

銃声が響き渡る中、弾を避けつつ呆《あき》れる景光。

「ひ、ひぃっ！　た、弾ァ！」

無駄撃ちして弾切れを起こした男一人に景光は防御から一転、攻撃を仕掛ける。低い体勢からの射撃。照準器などついていないグロック17だが、景光が放った銃弾は男の額のド真ん中を正確に射貫《いぬ》いた。「あがぁ！」断末魔と共に絶命した男が先ほどまで大富豪に興じていたテーブルを巻き込んで倒れ伏す。

「降りてこい！　おい！」

仲間の死を目《ま》の当たりにし、顔を青くしながら残された二人は応援を求める。

無論、その間も敵からの銃撃は絶え間なく続いている。徐々に硝煙の香りが色濃くなる中、景光が放った銃弾はまたしても別の男の額を捉えた。

「ひえぇぇ！」

残された男は自分に倒れ掛かってきた仲間の死体を盾に銃弾を防ぎつつ、屋敷の裏口に向かって退避の行動を取り始める。

「面倒だ――ミステリオーサッ！」

銃撃を継続しながら景光が吠《ほ》えると、ミステリオーサは「はーい！」と怪力の異能を滾《たぎ》らせた右手をぶん回し、男に向かって駆け出した。

「な、なんでお前生きて――ぐほぉ！」

ミステリオーサからラリアットを受けた男が盾にしていた死体諸共《もろとも》壁面へと吹っ飛んでいく。壁を突き破って、屋敷の外へと放り出される男。

「みっちゃん、来るよっ！」

一階の敵を一掃した景光たちが聞いたのは、二階から降りてくる幾多もの足音。

「この足音……六人か」

景光の元に現れたのは予想通り六人。

だが、想定と違ったのは一名だけマシンガンを手にしていることであった。

「死にやがれぇ！」

汚い言葉と共にダダダダと連続的に撃ち出される銃弾。しかし、殺傷力が増したとしても、それを扱う人間にセンスがなければ何の意味もない。

「エイムが雑過ぎる。宝の持ち腐れだ」

床を転がりつつ弾を回避する景光たち。ノールックで景光が放った銃弾は的確にマシンガン男の心臓を撃ち抜いた。強力な火器を以《もっ》てしても瞬殺された仲間を見て、残りの男たちは情けない悲鳴を漏らしながら二階へと退避していく。

慌てふためいて二階へと戻る五人に背後からヘッドショットを決める景光。

「あはっ、これって第二小隊呼ぶほどじゃなかったんじゃない？」

「あぁ、まったくだ。つまらん仕事を頼んでしまった」

ごろごろと階段を転がってくる幾多もの死体を意味もなく踏みつけてから、景光たちは屋敷の二階へと駆け上がる。

「ミステリオーサが生きてる！　撃て！　撃てぇ——ッ！」

赤い絨毯《じゅうたん》が敷かれた長い廊下の先で待ち構えていたのは拳銃を構えた男四人組。一〇メートルほど距離を空けつつ、景光たちに向かって銃撃を仕掛けてくる。

横幅の狭い廊下での銃撃。踊り場まで後退した景光たちは荒立った息を整えるため、突撃の前に一度深呼吸を入れる。思わぬ強敵の襲撃に錯乱状態に陥っている敵たちは景光たちを仕留められない位置であるにも拘《かか》わらず、未《ま》だ銃を撃ち続けていた。

「とんだアホ共だ。銃弾を無駄撃ちできるほど金があるらしい」

「ねえ、あれどうする？」

「こういう時は『あれ』に限る」

一瞬不思議そうに目を見開くミステリオーサだが、すぐに意図を理解したのか「あぁー、あれ！」と手のひらをポンと拳で叩いた。

「あぁ。やつらにオクラホマ・ミキサーを踊らせてやる」

景光は懐《ふところ》から取り出した物体の安全装置を外し、それを二階に向かって投擲《とうてき》した。

瞬時、二階から上がったのは猛烈な爆発音と眩《まばゆ》い閃光《せんこう》、追って男たちの悲鳴である。

「突入する！」

再度二階へと駆け上がる二人。

景光が今しがた敵たちに放り投げたのはM84スタングレネード。非致死性兵器でありながら敵の視界と聴覚を奪う代物であった。

「なんだこれ！」「くそっ、閃光弾だ！」

前後不覚に陥った男たちは銃を撃つこともままならず、仲間同士でもみくちゃになりながら右往左往するしかない。

景光たちは無抵抗の男たちを容易《たやす》く葬《ほうむ》り、廊下の先へと突き進む。

見えてきたのは重厚な鉄の二枚扉。電子ロックを解錠しない限り開かない仕様だが、怪力の権化《ごんげ》であるミステリオーサの前ではどんなセキュリティも無意味に等しい。

彼女が鉄扉《てっぴ》の取っ手を握り、

「——はああああぁぁぁぁぁぁッッッ！」

りと開かれていく。

雄叫《おたけ》びを上げながらそれを手前に引くと錠は破断。ギィと耳障《みみざわ》りな音と共に扉がゆっく

その部屋に突入した瞬間、景光たちの眼前に現れたのは——いくつもの牢《ろう》の中に一人ず

つ閉じ込められた子供たちの姿であった。

「こ、こんな、年端《としは》もいかない子供たちをっ！」

ミステリオーサが戦慄すると同時、景光は憎悪《ぞうお》のあまり表情を歪《ゆが》ませる。

（相変わらず胸糞《むなくそ》悪いやり方をしやがる……！）

きっとこの子供たちは重松に異能持ちであることを疑われて連れてこられたのであろう。

こうして生かされている辺り、まだ子供たちはやつからの尋問を受けていない。

中には異能を持っている子もいるのかもしれないが、もし異能を持っていないことが重

松に知れれば、この子供たちは口封じのために間違いなく殺される。

「男三人と女一人か。どこかケガはないか？」

滾る怒りを何とか抑えつけて景光が問うと、四人の子供たちのうち一番年上だと思われ

る男の子が懐疑的な目で彼らを見据えた。

「味方、なのか……？　警察？」

「警察ではないが、俺たちは味方だ。今助ける。ミステリオーサ、手伝ってくれ！」

「う、うん！」

景光の呼びかけに応じてミステリオーサは牢に駆け寄って、解錠に取り掛かる。

「少し大きな音がするが……我慢してくれ」

牢に掛かる鍵は至ってシンプルな南京錠《なんきんじょう》だ。銃弾を一発撃ち込めば容易に開けられる。

景光が懐から抜き出したグロック17の銃口を南京錠へと押し当てたその時。

「ミステリオーサ、景光ッ！」

廊下の方から声がして景光たちが振り返ると、そこには煤塗《すすまみ》れになった第二小隊二人の姿があった。彼らは部屋に踏み入るなり状況を理解したのか、「ひでえことしやがる輩《やから》だ……！」と表情に怒りを滲《にじ》ませた。

「みんな【裁】に連れてこられた子みたい。開けるの手伝ってくれる？」

ミステリオーサが声を掛けると、二人は残り二つの牢へと向かって着々と解錠の作業を開始する。

最初に開いたのはマーロンが解錠していた牢。中から飛び出した男の子は涙と洟《はな》で顔をぐちゃぐちゃにして叫びながら、マーロンに抱き着いた。

「よしよし、いい子だ。安心しろ、もうお前は自由の身だ」

マーロンが頭を撫《な》でると、男の子の泣く声はさらに大きくなる。それが安堵《あんど》によるものなのか、マーロンの強面《こわもて》のせいなのかは分からない。

「……元気のいい坊やだ。ところで景光、いい報《しら》せがあるんだが聞いてくれるか？」

「いい報せ？」

怪訝《けげん》な表情を浮かべる景光に、マーロンはニィと不敵な笑みを浮かべてスマホを渡す。

その画面に映っていたのは——

「し、重松……！」

画面に映っていたのは、景光にとっての因縁の敵——重松十五楼が仲間の亡骸《なきがら》に囲まれて仰向《あおむ》けに倒れる姿であった。

にわかに信じがたい光景だが、写真を見るにこの死体は重松のもので間違いない。

喪服のような不吉な黒色をしたスーツ、男にしては長い黒髪、死神のように青白い肌と整った顔立ち……どれをとっても重松十五楼本人だ。

「……本当に殺《や》ったのか？」

「バッチリだ。何なら帰りに見ていくか？　まだ死体が一階に転がっている」

「あ、あぁ」

訝《いぶか》しみながら景光が頷《うなず》いたと同時、ミステリオーサと第二小隊の女が揃《そろ》って声を上げた。

「こっちも終わったよ！」「私ならもっと頑丈な牢にするけどねえ」

嬉々《きき》として手を挙げるミステリオーサと、呆れるように肩を竦《すく》める女。救出された子供たちは彼女たちの服の袖を摑《つか》みながらも、まだ景光たちに疑いの目を向けている。

これだけ長く牢の中に閉じ込められていたのだから、急に信用しろと言われても理解が追いつかないのは無理もない。

「お前が一番年上か、少年」

景光に尋ねられ、未だ牢の中から出ていない男の子はビクリと肩を震わせてから目を泳がせる。

「た、多分……」

「よし、分かった。じゃあ牢を出たらお前は三人を連れて、俺たちについてきてくれ。お前の手は俺が引く。その間、俺がOKを出すまで絶対に目を開けるな。いいな？」

指示の意味は分からなかったが、彼が手に持つ拳銃を一瞥《いちべつ》してコクコクと大きく少年が頷いた。

まだ幼い子供たちに死体を見せるわけにはいかないという、景光のせめてもの心遣いだ。

ようやく少年は景光たちが敵ではないことを理解したが、まだ彼らの正体を摑めていない。再び南京錠にグロック17の銃口を押し当てた景光に、少年は勇気を振り絞って声を張り上げた。

「お、おい！」

「何だ」

「け……結局……お前らは一体……」

問われて景光は、ミステリオーサたちの方を一瞥する。

困ったように眉をハの字にする景光に一笑する彼女たち。どうやら助け船は出してくれないつもりらしい。

景光はしばし考えたあと、苦笑いを浮かべて。

「今後一切関わらない方がいい人たち……かな」

答えたと同時、南京錠に九ミリ弾を撃ち込んだ。


無事に屋敷《やしき》を脱出した景光たちを出迎えたのは聞こえてくる銃声や悲鳴にヒヤヒヤしながら外で待っていた御子、そして特に何の心配もせず呑気《のんき》にタバコをふかしていたキャサリンであった。

「はーい、みんなはあのお兄さんの車に乗ってねー」

ミステリオーサの指示に従い、子供たちは第二小隊のジープに乗り込んでいく。傍《はた》から見れば人身売買のために怪しい男たちに連れ去られていくようにしか見えないが、実際にはこれから子供たちは各々《おのおの》の家族が待つ家に送り届けられる予定だ。

「よろしく頼む、第二小隊」

「あぁ。あとのことは任せてくれ、景光。気分は園児送迎バスの運転手だ」

運転席から顔を覗《のぞ》かせたマーロンはブルン！ とジープのエンジンを始動させる。そのまま彼らは子供たちを乗せて、険しい山道を下っていった。

「……まさか人質がいたなんてな」

キャサリンが咥《くわ》えたラッキーストライクに火を点《つ》けて、紫煙を吐き出しながら呟《つぶや》く。

「相変わらず胸糞悪いやり方をする連中です」

「だが、この作戦で重松十五楼の死亡が確認された。無事にミッション完遂だ」

タバコのフィルターを噛《か》み締めながら、キャサリンがうーんと大きく伸びをする。

だが、大きな任務を終えたにも拘わらず、景光の表情は浮かない。

屋敷を出る途中、景光は重松十五楼の遺体を確認した。

見た限り、あれは重松十五楼で間違いない。しかし――

「みっちゃんどしたー？ パッとしない表情だけど」

神妙な面持ちで屋敷を見つめる景光に、ミステリオーサが訝しみながら声をかける。

「これがやつの最期《さいご》だとは思えないんだ」

景光は拳を固く握りしめながら屋敷を見つめる。

「でも、間違いなく重松の死体があったんでしょ？　じゃあ疑う余地なくない？」

そう訊《き》かれたら頷くしかない。

キャサリンはその場にタバコを投げ捨てて。

「これからやつの死体は検死にかけられる。そこでハッキリわかるだろうさ」

「そう、ですね」

景光を労《ねぎら》うようにキャサリンは彼の頭をぽんぽんと叩《たた》いてから、御子に振り返る。

「さて、ご令嬢。これで任務の全工程は終了した。これから先の話だが――……」

キャサリンが淡々と事後処理について語る。

作戦成功報酬の振込先、振込の期限、遅延した場合の違反金について等の事務連絡。

「今回は、本当に……ありがとうございました」

御子が頭を下げると、キャサリンは新しいタバコに火を点けて、紫煙をふぅと夜空に吐き出してから続ける。

「明日から一週間襲撃がないことを確認できればこの任務は完全に達成されたものとする。

あぁ、それともう一つ――景光たちが仕事してる間に私も仕事してたんだが……見ていってくれないか？」

「仕事……ですか？」

ニヒルな笑みを湛《たた》えるキャサリンに、御子は小首を傾《かし》げる。

「あぁ。一度様子を見に行くといって屋敷の裏に回ったが、あれは別に様子を見に行ったんじゃなくて――こうしておくためだ」

キャサリンが胸ポケットから取り出した小型リモコンのスイッチを押したその瞬間、鼓膜をつんざくような爆音が轟《とどろ》き、屋敷が一瞬にして劫火《ごうか》の中に飲み込まれた。

「なッ……」

「めちゃ燃えてて草ぁ！」

唖然《あぜん》とする御子と、屋敷を指差しながら腹を抱えて笑うミステリオーサ。

「私は抜かりないんだ」

ポケットに小型リモコンをしまって、得意げに鼻を鳴らすキャサリン。

屋敷の中に仕留め損ねた敵がいたとしても、あの炎の中から抜け出すのは不可能だろう。

だが――

（重松、十五楼……）

景光ただ一人だけが、燃え盛る屋敷を腑《ふ》に落ちない面持ちで見つめていた。

mission4　戦う理由

【裁《さばき》】の拠点事務所への奇襲から六日。

検死も完了し、例の死体は重松十五楼《しげまつじゅうごろう》本人のものであることが明らかとなった。

それから御子《みこ》を狙った襲撃は起こっておらず、至って平穏な高校生活を送る景光《かげみつ》一行。

任務の完全終了まであと一日だが、景光たちにはまだ学生として過ごす上で重要なイベントが残っていた。

それは——臨海学校である。

「はぁーい、みんな並んで並んで！　順番に乗っていってねー」

油野《ゆの》先生が二年三組の生徒たちを引率する。

だが、友達とのおしゃべりに夢中になって先生の指示など耳に入っていない生徒などが多く、素直に列車に乗り込む者は少ない。

おかげでここ、かりんが浜駅構内は鳴山《なりやま》学園高校二年生で溢《あふ》れかえっていた。

今日の予定はここから海沿いを走る蒸気機関車『うみねこ』に一時間乗り、降りた駅から二〇分ほど歩いた宿で一泊というものだ。

本日『うみねこ』は業務用貨物が積まれた最後車両を除いて、鳴山学園高校二年生で貸し切り。元々運行本数の少ない路線ではあるが、これだけ乗車が進まないと先生たちも運行ダイヤが気がかりだ。

……ちなみにミステリオーサも統制を乱す者たちの一員である。

「ミ、ミステリオーサさん、落ち着いて！　嬉《うれ》しいのは分かるんだけどっ！」

油野先生の声が飛ぶ。

「ついに臨海学校だね！　ボク、今日でみんなと友達になりたいの！　よろしくね！」

「え？　あ、うん……」

大して仲良くもないのにミステリオーサは次々に男女構わず生徒たちに声を掛ける。

だ。だが、ミステリオーサに声を掛けられた女子生徒は困惑している様子
――夜、部屋に遊びに行くね！

――恋バナしよ、恋バナ！　ＪＫの嗜《たしな》みなんだが！

――あ！　あとでお菓子交換しよ！

……云々《うんぬん》。

一方的に絡《から》んでくるミステリオーサに驚く二年三組の面々だが、何しろルックスだけは

いい彼女。多少強引に絡まれたとしても庇護欲《ひご》がそそられるものである。

「ねえねえ！　何のお菓子持ってきた？　ボクは――ほげぇ！」

天真爛漫《てんしんらんまん》に駆け回るミステリオーサの首にチョップを入れる景光。今しがた手刀を降ろされた首を摩《さす》りながら、ミステリオーサはぷくっと頬を膨らませる。

「痛いなぁ！　何するのさみっちゃん！」

「周りが見えないのか、お前は」

「とかなんとか言っちゃって、みっちゃんも実はテンション上がってるでしょ？」

「…………」

図星であった。

あの死体が重松十五楼のものであることが判明した以上、もう景光たちに敵はいない。おかげで少しばかり気を安らかにしてこの場に臨んだ景光だ。

「なんで黙ってるのかなー？　あれ？　ちょっと目にクマできてるよ？　楽しみ過ぎて寝れなかったのかなー？　かーわいいんだーっ！」

「だからテンションは上がっていない！」

景光が再び手刀を降ろそうとするが、二度は同じ失敗をしない彼女だ。彼の攻撃をひらりと避けて、ふふんと得意げに笑ってみせるミステリオーサ。彼女を追いかけ回す景光だが、他の生徒からは二人がじゃれ合っているようにしか見えない。

それを見て鳴山学園二年の全男子が嫉妬した。人知れずまた敵を増やした景光である。

「アンタら何やってんのよ」

そんな二人に呆《あき》れたように御子が声をかける。その隣でぺこりとどこか恥ずかしそうに頭を下げるのは春木織江《はるきおりえ》だ。

「あっ、御子ちゃん！　それに織江ちゃん！　臨海学校楽しもうね！」

「はい！　電車の中で遊べるものも持ってきましたよ！」

春木がくるりと背を向けて大きなリュックサックを見せつける。その中にはウノやトランプ、二日分の着替え、友達が乗り物酔いした時のためのエチケット袋まで……。

「やったぁ！　織江ちゃん準備いい！　いえーい！」

「い、いえーい！」

ミステリオーサにハイタッチを強要される春木を見ながら、景光はぼりぼりと頭を掻《か》く。

「もう列車に乗ったものだと思っていたが」

「あんまり遅いから迎えに来たのよ。というかさ……」

もきゅもきゅと何か言いたげに唇を動かしつつ、御子が頬を赤く染める。

「どうした？」

「その、あのさ……ありがと」

何に対する礼かは分かり切っている。

「俺たちはやるべき仕事をやっただけだ。これからは俺たちみたいな輩《やから》の世話にならない人生を送れることを切に願う」

「か、かわいくないやつ！　いちいち言い回しがキザなのよ」

べえっ、と舌を出して嫌悪《けんお》感の滲《にじ》んだ表情を浮かべる御子だったが、すぐに彼女はその顔をどこか寂しそうなものに変えて俯《うつむ》いた。

「アンタらさ、この二日間が終わったらどうするの……？」

御子の表情に影が差す。景光はその問いには答えなかった。

「楽しもうな、臨海学校」

貼り付けたような笑みを投げかけた景光に、御子はしばらく間を置いてから「うん……」と小さく頷《うなず》いた。

＊＊＊＊＊＊＊

景光一行が蒸気機関車『うみねこ』に乗車してしばらく。

最初こそ車窓から見える広大な大海原を興味津々《きょうみしんしん》で見つめていたクラスメイトたちだったが、二〇分も経《た》てば景色にも飽き、皆一様に持ってきたお菓子を食べ始めたりカードゲームなどで遊んだりといった感じになっていた。

「うわぁ、またボクの負けぇ⁉」

ミステリオーサが悲痛な声を上げて金髪をぐしぐしと掻く。

景光たちが座るボックス席で繰り広げられているのはトランプの定番ゲーム、大富豪。

最下位は恋バナを一つ話すという罰ゲームつきだ。

ミステリオーサの負けを見て御子と春木は「げっ……」と露骨に顔を歪《ゆが》ませる。表情こそ変わらないものの、景光も内心ダウナーな気分になっている。

「じゃあ、話すね。ボクがみっちゃんに惚《ほ》れたエピソードについてなんだけど――」

ここまで計四回大富豪が行われたが、すべてミステリオーサが負けていた。

最初こそ興味ありげに聞いていた春木も、今は死んだ魚の目である。

「――……というお話でしたぁ。いやぁ恥ずかしい～っ！」

「「………………」」

他のボックス席は盛り上がる中、合宿イベントの道中とは思えないほどの重い空気が漂っている。元気なのはミステリオーサただ一人。

「次は負けないぞ！」

むん、と鼻息を荒くしてカードを回収し始めるミステリオーサに勇気を振り絞って春木が声を掛ける。

「あ、あの！」

「ん？　織江ちゃんどした？」

「そ、そろそろ大富豪も飽きたのでババ抜きにしませんか……!?」

春木の提案に景光と御子が内心で渾身《こんしん》のガッツポーズを決める。

何せミステリオーサは大富豪のセンスが壊滅的になかった。ゲームが変われば彼女にも勝機があるだろうと思う景光たちだが——

「あれぇ!?　やっぱり勝てないよぉ！」

「「…………」」

ババ抜きを一ゲーム終えた景光たちの表情は悲壮の最たるものである。もう雰囲気がお通夜《つや》のそれであった。ゲームを変えても結果は変わらなかった。

ミステリオーサは大富豪の……というより、トランプゲーム全般のセンスがなかった。

「じゃあ話すね。ボクがみっちゃんに惚れたエピソードその二なんだけど——」

「ミステリオーサちゃんっ！　ウノにしません!?　あと負けたら恋バナ話すルールやめません!?」

普段引っ込み思案な春木が声を上げるくらいには凄惨な状況であった。ウノの箱を掲げる彼女も必死の形相である。

「おー、いいね！　なんかボクばっかり話しちゃってるし！」

意気揚々と手を挙げたミステリオーサに、春木たちが安堵《あんど》したその時であった。

——景光たちが乗る『うみねこ』の三両目全体が濛々《もうもう》と白煙に包まれた。

「なッ……！」「えっ、何!?」「これは……!?」

驚愕《きょうがく》の声を景光たちが上げると、すぐ車内は二年三組生徒たちの悲鳴で埋め尽くされる。

「何これ!?」「ガス漏れか!?」「ごほッ、うえぇ……！」

（何だ……!?）

立ち上がる景光。これが何かの演出などではないことはすぐに分かったが、ガスが発生している原因をまだ摑《つか》めていない。

車両の前から迫りくるように濃くなる白煙。増す悲鳴。

口元を手で覆いながら眉をひそめる景光だったが、

「ゆ、唯奈《ゆいな》ちゃ……！　い、ゴホッ、息が……！」

おそらく友人に助けを求めたであろうその声を聞き、確信した。

一瞬は機械の故障などを疑ったが、そうじゃない。

これは明らかに人為的に発生させた刺激性ガスであった。

「全員窓を開けろッ！」

喧騒《けんそう》を裂くように景光が吠《ほ》える。その指示に従って生徒たちは慌てて窓を開放した。

滞留していたガスが逃げ、刺激臭は薄くなったが被害は甚大《じんだい》だ。特に車両前方の位置に座っていた生徒たちはもろにガスを吸ったらしく、呼吸困難や喉の痛みを訴えている。

「ミステリオーサ！」

景光の呼びかけに応じてミステリオーサが席を立つ。彼らが向かう先はガスの発生源。

ガスを吸わないように景光たちは口元を腕で覆いながら、車両前方に向かう。

（これか……！）

景光たちが発見したのは『忘れ物』という貼り紙がされた大型のキャリーバッグ。生徒たちの荷物に紛れるように置かれたそれから勢いよく刺激性ガスが噴き出していた。

景光がキャリーバッグを開けると、そこには見慣れない四角い機械。

ミステリオーサが異能を宿した義手でそれを殴りつけると一たび機械はブシュウ！　と激しくガスを噴出させたが、それを最後に機能を停止した。

はぁ、はぁと息を荒らげる景光たちに御子が走り寄ってくる。

「御子、無事か⁉」

「ええ、平気よ。だけどみんなが……！」

未《いま》だ咳《せ》き込む生徒たちを見つめて瞳を潤ませる御子。

高速道路での銃撃戦、そして屋敷《やしき》への直接攻撃で【裁】を壊滅に追いやった。

だが、まだ残党がいたとするならば——

「ま、まさかまた新しい敵が……！」

ゴクリと大きく息を飲んで、黒い双眸《そうぼう》をまっすぐ景光に向ける御子。

彼女の言う通り、普通に考えれば新勢力による攻撃である可能性の方が高い。

しかし、何の罪もない人間を平然と巻き込んで奇襲を仕掛けるこのやり方は——

「……みっちゃん、行こう」

端整な表情を怒りで歪ませながらミステリオーサが呟《つぶや》く。

しばらく景光たちを見つめて躊躇《ちゅうちょ》するように目を泳がせる御子だったが、

「今から敵と戦うんでしょ？　だったら……アタシも行く」

「御子ちゃん……？」

三国ヶ丘《みくにがおか》御子——彼女はどこにでもいる一介の女子高生だ。人を殺したことなどない。

しかし、彼女には確信があった。

自分も【あの方法】なら、十分戦力になり得るという確信が。

だが、

「——いや、今回は俺一人で戦わせてもらう」

彼女たちが告げられたのは、景光からのはっきりとした拒絶の意志だった。

「え……」

今まで数多《あまた》の難関任務をこなしてきた二人だ。時に支え、時に支えられて……そうして彼女たちはつらい日々を乗り越えてきた。景光に命を救われたから、景光がいたから、ミステリオーサはどんな任務にも命を懸けられた。

だから、彼女は景光に何を言われたのか理解できなかった。

「どう、して……？」

じわじわとミステリオーサの澄んだ瞳に涙が滲む。

「俺を止めるな」

「なんで……今までずっと二人で戦ってきたじゃん！　なのに、なんで今だけ……！」

ついにはぽろぽろと涙を零《こぼ》し始めるミステリオーサ。

でも、景光も譲るわけにはいかなかった。

「なぁ、ミステリオーサ。楽しかったよな、この学校」

柔らかく微笑《ほほえ》む景光に、ミステリオーサは大きく目を見開いてハッと息を飲む。

「な、なに言って……」

わなわなと唇を震わせて言葉を失う彼女に、景光は言葉を重ねる。

「俺さ、夢だったんだよ。ミステリオーサが楽しそうに学校に通う姿を見るのが。もうお前は何にも縛られずに生きればいいんだ。それが俺の、願いだから」

「でもっ……！」

「敵と戦っているところを見られたら、もうお前はここにいられなくなるぞ？　だから、俺一人で戦うんだ。学校を去るのは俺だけで十分だ」

「そんな……」

ぽたり、とミステリオーサの瞳から落ちた涙が車両の床を濡《ぬ》らす。

だが、彼女が涙を見せたのは一瞬だった。

「そんなのないよッッ！」

精気が抜けたように優しげな眼差《まなざ》しを向ける景光に、ミステリオーサはグッと拳を握りしめて吠える。

「それはみっちゃんが勝手に望んだ夢じゃんッ！　そんなのボクは望んでない！　ボクはっ、ボクは……ッ！」

くるりと背を向けた景光に、ミステリオーサが弱々しい足取りで歩み寄る。

その時、ふと景光の右手がわずかに動いた。

「──っ」

小さく息を漏らしてミステリオーサの身体《からだ》が糸の切れた操り人形のように脱力し、どさりと床に倒れ伏す。

「アンタ、今……っ！」

景光の右手をあるものを目にして、御子が戦慄したように細やかに身体を震わせる。

彼の手に握られていたのは──小型の注射器であった。

「液体型の睡眠薬だ。三〇分ほどしたら目を醒《さ》ますだろう」

注射器をポケットへと戻した景光は、御子の方へと視線をやって強い口調で告げる。

「これが俺の覚悟だ。分かったなら道を空けろ、御子」

「……何が覚悟よ」

「何？」

眉根を寄せる景光の胸ぐらを掴み、御子は吠える。

「何が覚悟なのよ！　そんなのアンタの独りよがりじゃない！」

「お前はこの仕事の発注者だろう。手を出される筋合いはない」

「そうじゃないでしょうがッッ！」

車内の喧騒を裂くように御子の咆哮《ほうこう》が響き渡る。

「アンタは仕事を通してしか人を見てない！　アタシだってアンタには死んでほしくないのッ！　味方が多い方が有利でしょ⁉　そんなことも分からないの⁉」

一息で景光を捲《まく》し立て、御子は呼吸を荒らげる。

それでも景光の想《おも》いは揺らがなかった。

「分かってないのはそっちの方だ」

「なっ……」

一蹴され、御子は景光の胸ぐらを掴む手を緩める。

「御子、俺がどうして強くお前を拒絶するか分かるか？」

唖然《あぜん》としたまま立ちすくむ御子に、景光は──

「大事だからだ、お前のことが」

決然とした口調で告げた。

「俺だってお前には死んでほしくない。それとな、御子には『こちら側』に来てほしくないんだ」

ミステリオーサの殺害計画に加担していたこと。それを除けば、御子はどこにでもいる女子高生だ。景光はこれ以上、御子に自分の手を汚してほしくなかった。

「っ……」

唇を噛《か》み締め、俯《うつむ》く御子。静寂の中にはミステリオーサの寝息だけが響いている。

（すまない……）

景光は心の中で詫《わ》びて、自身の胸ぐらを掴む御子の手を振り払う。

「時間がない。他の生徒たちに自席から動かないように指示しておいてくれ」

「待ちなさい！　ちょっとアンタっ！」

進路を塞ぐ御子を押しのける景光。

彼は自分の瞼《まぶた》が熱くなるのを感じながら、

「――さよならだ」

機関室へと入室した。二年三組の生徒たちが乗る車両と機関室を隔てる扉を閉め、その取っ手に一発銃弾を放つ景光。これで自分以外誰も機関室には入ってこれない。

機関室に入った景光が見たのは血の海の上に倒れ伏す運転手と機関助士の姿。

(間に合わなかったか……!)

景光は二人に手を合わせたあと、くるりと機関室内を見回す。

真っ先に視界に入ったのは機関室から列車外に出入りできる扉。その取っ手にはまるで景光を誘うかのようにべったりと血痕が残されていた。

景光がドアを開けると、潮の香りを含んだ風が機関室内に吹き込んでくる。外に出ると、機関室上へと昇るモンキータラップがあり、そこにも手形の血痕が残されていた。

(この上にいるのは、きっと――)

タラップを握る景光の手にも力が籠もる。

機関室の上は静かだった。

蒸気が煙突から噴き上げる音と列車の走行音だけが景光の耳に届いている。

ボオォ、と運転手を失った『うみねこ』がひとりでに鳴いて、激しく蒸気を噴き上げた。

景光がその白煙を手で払った先にいたのは――

「課外授業の時間ですよ?」

呑気《のんき》な口調と共に『やつ』は振り返る。

子供っぽく丸っこい顔、後ろで束ねたポニーテール。笑窪《えくぼ》を浮かべて微笑んではいるが、その目は一切笑っていない。数多の悪事をこなしてきた者だけが見せる濁りを帯びた瞳。

そこにいたのは二年三組の担任教師、油野春乃《はるの》であった。

「危ないじゃない、こんなところ昇っちゃ。反省してもらわな――」

彼女の言葉を遮るように、景光は懐《ふところ》から引き抜いたグロック17の銃口を彼女に向けて。

「――くだらないな」

撃ち出された銃弾は彼女の額を捉えず、長く伸びた横髪を焼き切った。はらり、と風に流されて舞い散る髪を横目で見て、油野春乃がニィと醜悪な笑みを浮かべる。

間違いない。この身の毛もよだつような雰囲気は――

「重松十五楼ォォォ――――――――ッッッ！」

景光の咆哮をあざ笑うかのように油野春乃が「はは」と短く笑みを零したその瞬間。

――ドロリと、彼女の身体が溶解した。

飴《あめ》細工のように輪郭が溶け出し、新たな形が形成されていく。

眼鏡の奥の精気を感じない黒々とした瞳。無を貼り付けたかのような感情のない表情。

肉付きの少ない細身の身体を覆う仕立てのいい黒のスーツ。

見紛《みまが》うことなく、その男こそ重松十五楼であった。

重松は感情の宿らない瞳で景光を見据えてつまらなさそうに呟く。

「面白くもないことをする。せっかく手に入れた【変化】の力を見せてやったというのに」

「油野先生は……どうしたんだ……！」

銃を構えつつ声を荒げる景光に対し、重松は余裕を見せつけるかのように傍《かたわ》らから取り出したボヘーム・シガーを咥《くわ》えて火を点《つ》けた。

「殺す手もあったが、薬で眠らせているだけだ。今頃かりんが浜の駅で寝息を立てていることだろう。不必要な殺しはしない主義でね」

「不必要な殺しはしない？　笑わせるなッ！　今までどれだけの罪もない異能持ちや人間をその手で犠牲にしてきたと思っている……ッ！」

「すべて俺の理想を叶《かな》えるために必要なことだった。それだけだ」

今までに犯してきた罪に何も感じていないように重松は肩を竦《すく》めてから、改めてスゥと瞳を細めて景光を見据える。

「……にしても景光。俺の姿を見て驚かないのか？」

「死体は屋敷《やしき》に転がしておいたはずだ――そう言いたいのか？」

「ほう？」

重松は意外そうに感嘆の声を漏らす。

「俺の勘が正しければ、屋敷で死んだ重松十五楼は『偽物《にせもの》』だ。どういう仕組みか知らないが、お前は偽物の自分を屋敷で死なせ、『重松十五楼が死んだ事実』を作ろうとした」

「いやはや、見事だな」

パチパチと乾いた拍手を打ち鳴らして、重松が口角を上げる。

「確かに屋敷で死んだのは俺ではなく、俺を模した作り物。あれは【複製】の異能で作り出した人形だよ。一人分しか作れないのがいただけないがね」

「その異能も、誰かを殺して手に入れたものだろうがッ！」

吠《ほ》える景光に、重松は「はは」と笑って。

「随分と恐ろしい顔をするようになったな。ストレイシープで何を仕込まれた？」

「昔話に華を咲かせるつもりはない。ここに咲くのはお前の血しぶきだけだ」

「そう恐ろしい顔をしてくれるなよ、景光。俺は別に戦いがしたいわけじゃない。お前と交渉をしに来たんだ」

重松の口から飛び出した単語に、景光は銃把《じゅうは》を握る手にさらに力を籠める。

「交渉だと？」

重松は大きく紫煙を吐き出し、泥水のように濁った瞳を細めて告げた。

「簡単な話だ。——ミステリオーサを殺せ」

重松は両手を広げ、無表情を恍惚《こうこつ》の笑みへと変えて景光に対峙《たいじ》する。

「お前が【裁】を抜けてからも、俺は『人間にはない力』を求め続けた。異能持ちを欺き、殺し、その体内に力の原石があるか確かめて……あればそれをこの身に宿してきた。もしくは三国ヶ丘御子のように友人や家族を人質に取って、利用してきた」

重松は短くなったシガーを捨て、革靴の底で踏み消しながら続ける。

「……だが、そうして手に入れた力はどれも物足りないものだった。俺が欲しいのは人類を凌駕《りょうが》する圧倒的な力。ミステリオーサの【怪力】——人智《じんち》を超えたあの力だ」

「あいつの力を手に入れてどうするつもりだ……！」

「俺の目的は——国家機関をも怯《ひる》ませる異能者カルテルの構築だよ」

静かに語られた、狂った野望。恍惚とした笑みのまま重松は天を仰ぐ。

「人間より遥《はる》かに強い力を持つ異能持ちが集まれば軍隊にも匹敵する強大な組織になる。それこそ警察など片手で捻《ひね》り潰《つぶ》せるほどに。だが、それが未《いま》だに実現されないのはなぜだ？　——指導者がいないからだ」

だから、と呟《つぶや》き、重松は固く拳を握りしめる。

「俺がその指導者になる。異能持ちをねじ伏せ、従わせ、統制し……俺は理想的な組織を作り上げる。そのためにミステリオーサ・スキラッチ……彼女の力が必要なんだ。ミステリオーサを殺してもう一度俺の仲間になれ、景光。その時はお前を組織の重要なポストに置いてやる。悪い話じゃないだろう？」

そんな交渉を耳にする前から景光の答えは決まっている。

自分が終わらせなければならない。

ミステリオーサのため、否、これ以上誰かがこいつに振り回されないために。

「三分時間をやる。それまでにじっくりと考え――」

その瞬間だった。

重松が言い切る前に景光はグロック17のトリガーを引いた。咄嗟《とっさ》に顔を逸《そ》らす重松。放たれた銃弾は重松の頬を掠《かす》めて、つぅと一筋の赤い雫《しずく》が白い頬に伝って落ちる。

「その質問を考えるのに三分もいらない。今のが俺の答えだ」

「困ったね、これは」

肩を竦める重松に、景光は決然とした口調で告げる。

「お前はパブロ・エスコバルにはなれない。ここでお前は死ぬ。その薄汚れた野望を叶えられないまま、墓の中で眠るんだ」

銃口を向けられた人間が見せる反応は大体が焦燥と戦慄。

だが、目の前の男は違った。

――重松は、笑っていた。

「交渉決裂だ、景光。残念だが……ここでお別れだ」

ニタァとうすら寒い笑みを浮かべ、重松が取り出したのは緑色に輝く石。

「なッ……！」

狼狽《ろうばい》の声と共に愛銃のトリガーを引く景光だが、重松の行動の方がコンマ数秒早かった。

重松が自らの心臓に石を押し当てる。瞬間、石が体内に取り込まれ、重松の背から四本のグロテスクな触手が発現した。その先端には研ぎ澄まされたナイフのように鋭い鉤爪《かぎづめ》。

景光が放った銃弾を鉤爪で撥《は》ね返し、重松はニヤリと不気味な笑みを湛《たた》える。

「重松……！　お前はいくつの石をその身に宿している……！」

「驚いたか？【複製】【変化】そして今まさに得た【触手】……俺に宿る戦闘用の異能はこの三つだ。俺はすでに人ではない。恐れ慄《おのの》け、景光ッ！」

触手を躍らせながら高々と笑い声を上げる重松。

しかし、景光が動揺したのは一瞬だった。

悪鬼に取り憑《つ》かれたような凶悪な笑みを湛えて、景光が再び銃口を重松に向ける。

「──安心した。人じゃないなら一思いにやれる」

「邪魔をするならここで死ね、景光。さあ、遊ぼうか……俺『たち』とッ！」

それが開戦の狼煙《のろし》であった。

景光がグロック17を連射する。だが銃弾は触手に弾《はじ》かれ、重松の心臓には届かない。

「何発撃ったって無駄だ。それでは俺を殺せない」

涼しい笑みのまま列車上を駆け回る重松。

癪《しゃく》だが重松の言う通り、無駄撃ちはできない。

予備のマガジンも準備はしている。だが、リロードをする時間はない。

銃撃を継続しながら、景光は不規則に動き回る触手を回避するが。

「どうした？　動きが緩慢だぞ」

鞭《むち》のようにしなる四本の触手のうち一本がバチィ！　と景光の身体を叩《たた》きつけた。

「ぐッ……！」

胃液が喉元へ向かって逆流する。苦悶《くもん》の声を漏らしながら景光の身体は後方へと吹っ飛び、列車上を転がった。しかし、すぐに体勢を立て直してグロック17を速射する。

「──油断するな、重松」

うつ伏せのまま放った銃弾は四本の触手をかいくぐり、重松の左肩を掠めた。

「躊躇《ちゅうちょ》ないものだな」

「人間じゃないんだろう？　躊躇するわけがどこにある」

あの触手は間違いなく重松の意思で動いている。

触手そのものが独立した意思を持って動いているわけではない。

必要なのは重松に隙を作らせること。いつだってそうだ。自分より強力な敵と戦う時は相手に『自分の方が有利だ』と思わせ、油断させるしかない。

重松は余裕の笑みを湛えたまま触手を伸ばす。ピッと空気を切り裂く鋭い音を携えて四本の触手が景光に迫った。

景光はそれに狼狽も戦慄も見せず、タン！　と列車を蹴る。

――跳躍。

宙を一回転しながら着地。その間に景光が放った銃弾は三発。二発は触手に弾かれたが、最後の一発は重松の反対側の右肩を確実に貫いた。

「ぐッ……！」

初めてもろに銃弾を受けて重松の表情が歪《ゆが》む。

やはり重松の触手は想定外の角度からの攻撃には対応できないようだった。

「なるほど。確かにストレイシープで力をつけたらしい……！」

「楽しんでいるか？」

「あぁ、最高の気分だぞ景光――――ッッッ！」

触手をメデューサの髪のように一度躍らせ、重松は再びそれを景光へと伸ばす。

対して、景光が取った戦法は『接近』。遠距離から狙える武器を持ちながらも迫ってくる景光に、重松は「ははははッ！」と壊れたように笑い声を上げる。

「面白いッ！　面白い策だ！」

「らあああああああアァァァ――――ッ！」

咆哮《ほうこう》と共に一気に列車上を駆け抜ける景光。その間も惜しみなく銃弾を放ち続けるが、そのどれもが触手に弾かれる。しかし、確実に景光は重松との距離を詰めていた。

（勝機はある……！）

現状、重松は銃弾から身を守るのに徹している。

景光がもう一つの武器を制服の裏に潜ませていることなど想定していない。

一〇メートル、五メートル、三メートル……重松との間合いを詰めていく。重松まで手が届く距離まで接近したその瞬間、景光は懐《ふところ》から小型のサバイバルナイフを抜き出した。

「ッ！」

わずかに重松の口から息が漏れた。

触手の動きが一瞬止まり、重松は自身の心臓に迫る刃を回避する。

「小癪なッ！」

ひらりと身を翻《ひるがえ》し、再び触手を躍らせる重松だったが――

「ッ……！」

小さく息を飲み、重松はその表情に狼狽の色を滲《にじ》ませた。

重松が触手を伸ばそうとするが、その動きはまるで何かに制限されたかのようにおぼつかない。

「ようやく、効いたか」

独り言のように呟いた景光に、重松は忌々《いまいま》しそうに端整な表情を歪ませる。

「お前、さては……！」

ニィと不敵な微笑《ほほえ》みを湛えて、景光は空になったマガジンを新品と入れ替える。

「気づいたか？『ＳＡＬＬＹ』だ」

ＳＡＬＬＹ――それは異能を一時的に弱体化させる薬剤。

警察などの組織が異能を持った犯罪者を抑制するために開発された、液状の対異能剤である。

景光が扱う銃弾にはすべて、この対異能剤が塗布されていた。

「他の対異能剤は比較的気化しやすい。だが、SALLYは沸点が高くて蒸発しにくいから銃弾にも塗布できる。……かつて、お前から教わったことだ」

景光はナイフをグロック17に持ち替え、その銃口を重松の額へと向ける。

薬剤が効いている約三〇分間、重松は強力な攻撃を繰り出せない。

——そのはずだった。

「人質がいるのを忘れたのか？」

重松が狼狽の表情を不敵な笑みに一転させ、一本の触手を二年三組の生徒たちが乗る車両に突き立てた。

（しまっ……！）

景光の視線がそちらへと向く。それを重松は見逃さなかった。

「あがッ……！」

僅《わず》かな隙を見て動いた触手の先端が景光の肩を掠める。

薬剤の影響で動きが鈍化しているとはいえ、威力が減衰したわけではない。

強烈な痛みに蹲《うずくま》る景光。同時に彼の両手からサバイバルナイフとグロック17が零《こぼ》れ、からんと空《むな》しい音を立てて落下した。

「まさか自分の教えが仇《あだ》になるとはな」

足元に転がる景光の愛銃とサバイバルナイフを蹴飛ばし、重松は懐から取り出した小型の注射器の針を躊躇《ためら》いなく自分の腕へと突き刺す。

たちまち息を吹き返したかのように躍る触手。景光はハッと短く息を吸ってから忌々しそうに表情を歪ませた。

「中和薬……ッ！」

「ご名答。どんな有効策にもそれに対抗する術《すべ》が存在するんだ。この世にはな」

空になった注射器を投げ捨て、重松は余裕すら感じる眼差《まなざ》しで景光を見据えた。

「景光……お前は確かに強くなった。だがな、昔からずっと変わらない弱点がある。それは『誰かを守りたい』などという腐るほど甘ったるい優しさだ」

紫煙を吐き出し、重松は続ける。

「俺との戦闘に集中していれば、お前はその一撃を受けなかったはずだ。あぁ、それと」

ニイィ、と重松は醜悪な笑みを湛えて。

「──この列車、今どこへ向かっているか知っているか？」

「ッ！　てめェ、まさか……！」

大きく目を見開いてギリリと歯を噛《か》み締める景光に、重松は下卑《げび》た哄笑《こうしょう》を轟《とどろ》かせる。

「この列車は機関室からポイント切替《きりかえ》の信号を飛ばせるようになっていて……──もう間

もなく廃線路へと進路を変える」

「そちら側は……ッ！」

「あぁ、途中から途切れてるんだ。この速度で走る車両がレールを失えば間違いなく脱線する。景光、改めて言うが――」

ぜえぜえと息を切らす景光を見下し、重松が告げる。

「ミステリオーサを殺せ。そうすれば列車を止めてやる。俺にやつは殺《や》れないが、お前にはできるはず――」

「断る」

重松の悪魔染《じ》みた交渉を、景光は鋭い語気で躊躇なく切り捨てた。

「何だと？」

「脱線する前に、お前を倒して列車を止める。重松、お前ごときに……ミステリオーサの夢を邪魔する権利は、ない……。あいつはもうあの右腕を振るわない。普通の高校生として、暮らすんだ……」

どんな理由があったって負けるわけにはいかなかった。

ミステリオーサのため、御子のため……彼女たちがもう重松十五楼などという外道に振り回されないために。

「所詮彼女もお前もマフィアだ。今さら真人間になれるとでもいうのか？」

「なれるさ。それを証明するために、俺は今目の前にいるお前を倒す」

「笑わせるな。今のお前に何ができる？」

「御託吐《ぬ》かしている間に俺を殺さなかったことを後悔しろ。……地獄でなァッ！」

景光は制服のポケットからもう一本、潜ませていたサバイバルナイフを取り出し――

それを思い切り重松の革靴へと突き立て、引き抜いた。

「があああああああああァァァァァ！」

耳をつんざくような悲鳴と共に、重松が触手を振り回す。無茶苦茶な軌道で繰り出される触手を食らって、景光の身体が後方まで飛ばされる。受け身こそ取ったが景光は背から列車上に落下した。激しく身体を打ちつけたと同時、景光の口から血痰《けったん》が吐き出される。

「ぐう……ッ！　薄汚い真似《まね》を……！」

右足に咲いた痛みに悶《もだ》えながら、重松は泥のように濁った瞳に怒りを滾《たぎ》らせる。

「薄汚かろうが何だろうがッ、ナイフの一本でもある限り、俺はお前と戦い続ける！」

「おおおオオオォォォォォ――――ッッッ！」

重松の咆哮と共に、蛇のように触手が躍る。

景光の武器はもうナイフ一本のみだ。愚直に殺り合うにはあまりにも心許《こころもと》ない。

だが、景光の闘志は死んでいない。

「はあああああァァァァ――ッ！」

自身を奮い立たせて景光はナイフを握り、重松へと駆けていく。

四本の触手の先端が景光に向けられ、四方八方から彼の身に飛んでくる。ぐにゃぐにゃと蛇行しながら宙を駆ける触手。中でも一本、景光の心臓に迫っていた触手に景光がナイフを振るうと、すぱりとそれは断絶し、断面から紫色の粘液が大量に零れ出した。

「ぐォおおおおおッ⁉」

悶絶《もんぜつ》する重松。景光は即座に体勢を変え、一旦退避。残りの触手は三本。

それらが絡《から》まり合って一本になり、巨大な槍《やり》と化して景光へと迫る。

「力業で押し切る気か？　無駄だ、重松ッ！」

「串刺しになって死ね、景光ゥゥゥ――――ッ！」

ぎゅん、と空気を切り裂きながら伸びる触手。

すぅと短く息を吸い込み、景光はナイフを構える。一直線に向かってくる触手の先端には鋭く研がれた鉤爪《かぎづめ》。あんなものに身体を貫かれたらひと溜《た》まりもないが、景光は臆することなくその鉤爪を小さなナイフ一本で受け止めた。

（くッ……重いッ！）

三本分の力を集約した触手が繰り出す力は絶大で、受け止めるだけで精一杯だ。

触手は徐々に力を増してくる。しかし、景光も退かない。最早《もはや》人外へと化した重松を倒すにはあまりにも頼りないナイフで鉤爪を受け止め続ける。

——しかし。

「……時間切れだ」

ふと重松が発した不可解な言葉に、景光が「あ？」と訝《いぶか》しむ声を漏らしたその瞬間。

（なにッ⁉）

景光の身体にもう一本の触手が巻きついた。それは先ほどナイフで断ち切ったはずの一本。なぜ切ったはずの触手がまた動き始めたのか……そのわけを考える隙すら与えず、触手が景光の身体を締めつけながら持ち上げる。

「ぐっ……！」

「意味が分からんという顔だな」

ぜえぜえ、と息を荒らげながらも嬉々《きき》とした眼差しを投げかける重松。

「——俺の触手はな、切られても再生するんだ」

「ぐ、あァ……！」

全身を駆け巡る激痛。唯一残された攻撃手段であったナイフが景光の手から滑り落ち、からんと乾いた音を立てて落下する。

「テメェ……そんな手を……ッ！」

「賢い人間は限界に追い込まれるまで手の内を明かさないものなんだ。さて——」

宙に浮いた景光の心臓に鋭い鉤爪が向けられる。

「くだらん児戯もここまでだ」

蜷局《とぐろ》の中で身を捩《よじ》る景光だが、抵抗すればするほど彼の身体は強く締めつけられていく。

重松が「……はは」と笑みを零し、鉤爪を景光の心臓に押し当てたその時。

——景光たちの足元に、スタングレネード弾が転がった。

「なッ……！」

重松が大きく目を見開き、景光を放り投げてその場から離れたと同時、スタングレネードは凄《すさ》まじい閃光《せんこう》と爆音を発して炸裂《さくれつ》。わずかに退避が遅れて、爆風を食らった重松は頭部からだらだらと流血させながら、スタングレネードが飛んできた方に振り返る。

「——ごめん、みっちゃん。やっぱり約束……守れないや」

そこにいたのは、ミステリオーサと御子だった。

「お前ら、どうして……」

呆然《ぼうぜん》として呟《つぶや》く景光に、御子は切れ長の瞳を細めながら告げる。

「アンタはアタシを助けてくれた。だから、今度はアタシがアンタを助けるの。異論は受けつけないから」

異形と化した重松を前にしてもまったく臆することなく、むしろ揺るぎない意志を感じさせる双眸《そうぼう》に景光がゴクリと大きく息を飲む。

「でも……！」

「みっちゃんの夢は叶《かな》えられない。だって、みっちゃんと一緒に高校生活を送るのがボクの夢だから」

景光の言葉を遮って、ミステリオーサは花が咲いたような満面の笑みを投げかけた。

言葉を失う景光に、御子は「バカッ！」と吠《ほ》えて、刺すような視線を向ける。

「もう二度とこんな無茶はしないで。だから、三人で戦うの。一人だったら勝てない相手も、三人集まったら勝てる」

「言っても聞かないんだな？」

「それがアタシの性格。知ってるでしょ？」

三人の間に、互いに牽制《けんせい》し合うような沈黙が流れる。

その沈黙を最初に裂いたのは、景光だった。

「……やれやれだ」

景光が膝元の埃《ほこり》をぱんと手で払って立ち上がる。

御子の意見は素人《しろうと》染みている。相手は一人でいくつもの異能をその身に宿した怪物だ。

三人掛かりで戦っても勝てる保証などどこにもない。

だが、このまま一人で戦い続けても勝機はないことも確かだ。

「……邪魔だけはするな」

「よく言えるわね、その身体《からだ》で」

「うるさい」

くすりと笑う御子に、景光がぶっきらぼうに返したその時であった。

「──ふふ、ふはは、ふはははははははははははッッ！」

不気味な哄笑が列車上に響き渡った。

「気でも触れたのか？　景光はボロボロで戦力にならず……御子はもともと戦力にならず
……まともに動けるのはミステリオーサだけ。その状況でよく戦おうなどと……！」

それに対し、御子は一歩前に出て無感情な視線を重松に投げかける。

「やっぱりアンタは死んでないと思ってたのよ」

「屋敷《やしき》の中で死んだ俺は異能を使って作った偽物《にせもの》だ。いい勘だな、三国ヶ丘ァ！」

「ま、別に種明かしとか興味ないけど、一つだけ訊《き》いていい？」

妙な問いかけに、重松は怪訝《けげん》な声と共に表情を歪《ゆが》める。

「――アンタはアタシの中に力の原石があると分かりながら、なぜ殺さなかったの？」

重松は一瞬、目を見開いてからふつふつと笑った。

「くく……くははっ、何を訊くのかと思えば」

一頻《ひとしき》り重松は笑いを堪《こら》えるように、身を震わせてから淡々と答えた。

「使えないからに決まっているだろう」

ぐにゃりと触手を躍らせて、重松は冷淡な瞳を御子に向ける。

「未来視の異能と聞くと強力そうだが、異能を読めるタイミングにムラがあり過ぎる。使い物にならないから、お前を殺さず別の方法で利用した。ただ、それだけのことだ」

「ふぅん。使えない、ね」

まるで友人との何気ない会話を終えたあとのように、あっさりとした口調で呟いた御子は一度鼻を鳴らしてからブレザーのポケットから『何か』を取り出した。

それは、三国ヶ丘家で代々大切に保管されてきたネックレスであった。

「ネックレスだァ……？」

「ええ。アタシを殺さなかったこと、今から後悔させてあげるから」

御子は笑みを浮かべたままネックレスのトップに埋め込まれた宝石を取り外す。

（大事な友達を守るためならさ、許してくれるよね？　――お父さん）

今は亡《な》き父を想《おも》ってから、御子は。

「この石、なんだと思う？」

「「まさか……ッ！」」

景光と重松が声を重ねて叫んだその瞬間、御子は勢いよく自分の胸に宝石を押し当てた。

視界を蹂躙《じゅうりん》するかのような閃光に景光が思わず目を閉じる。ゆっくりと彼が目を開けたその先にいたのは、右手から煌々《こうこう》と青い光を放つ御子の姿だった。

御子の右手から未来を映し出す球体が生み出される。

それも一つではない。

幾多もの球体が、彼女の周りを踊るように浮遊する。

「ごめん、景光。最後まで言わなかったんだけど……あの石、ただの宝石じゃないの」

大事な家宝を躊躇《ためら》いなくその身に宿した御子に、景光がわなわなと震えて言葉を失う。

「『力の原石』だとォ……⁉」

冷静だった面持ちに焦燥を滲《にじ》ませる重松に、御子はにやりと好戦的な笑みを湛《たた》えて対峙《たいじ》する。

「この石に秘められているのは【強化】。自分の持つ異能の性能を引き上げる力よ！」

自分の異能の能力を引き上げるということは、つまり――

「今、アタシには自分だけじゃなく重松……アンタの未来も視《み》えている！　アンタがどう攻撃して、どう反撃されて、どうやって死ぬかの過程まで事細かくねッ！」

飛び回る球体に身を包まれながら、御子が不敵に口の端を吊《つ》り上げる。

「でも、御子ちゃん……それ、大事な宝物だったんじゃ……」

八億は下らない価値のある家宝を体内に取り込んだ御子に、ミステリオーサが恐々と口を開く。

「覚悟を決めたのよ。こうしないとアタシはアンタたちを守れない。目の前にいるあの男を、倒せない」

静かに瞳を細める御子に、重松はわずかに戦慄した。

自分を見つめる彼女から放たれる闘志と殺意に、ごくりと固唾を飲みこむ重松。

「……バカな小娘だ。異能だって完璧じゃないんだ。未来は変わるし、変えられる」

「残念ながら変わらないわよ」

「あァ？」

飄々《ひょうひょう》とした御子の口調。重松の瞳に怒りが宿る。

「ここで細かくアンタの死にざまを教えてあげてもいいけど……教えない。その時を迎えるまで楽しみにしてなさい」

「絶望の底へ、突き落としてやるぞ！　三国ヶ丘アァァァァ――――ッッッ！」

その咆哮《ほうこう》が再戦の合図であった。

「みっちゃんッ！」「ミステリオーサッ！」

重松を挟み込む形で駆けていく景光とミステリオーサ。重松は四本の触手を二本ずつに分け、二人の心臓を同時に貫こうと触手を伸ばす。ぐにゃりと蛇行しながら迫る触手はまるで独立した生き物であるかのように動きが読めない。

だが、御子は異能で以《もっ》てその動きを完全に把握していた。

「景光、左上から来るのはフェイクよ！」「ミステリオーサ！　右がフェイク！　左へ避けなさい！」

御子の指示通り、景光に左上から迫った触手は景光の気を引くためのフェイクで実際、彼の心臓を狙っていたのはもう一本の触手。景光はその鉤爪《かぎづめ》をナイフで弾《はじ》いて、一気に重松との間合いを詰める。

自身の頭部に迫る刃。重松は口を開け、それを歯で噛《か》み止めた。

キィン！　と歯と刃がこすれ合う甲高《かんだか》い音が響き渡る。

「……っ！」

へし折れるナイフの刃。重松は口内に残った刃先を吐き捨てて愉快そうに瞳に細めた。

（くそッ、最後の武器が……！）

先端を失ったナイフを投げ捨てて、景光が焦《あせ》りを表情に滲ませるが――

「みっちゃんッ！」

こちらに向かっていたミステリオーサが懐《ふところ》から予備の拳銃を取り出して、景光の方へと放り投げた。「させるかァッ！」吠えた重松が、宙を舞う拳銃に手を伸ばす。だが、景光はその頬に一発拳を食らわせて、重松よりも早く拳銃を手にした。

「らああああああああァァ――――ッ！」

惜しみなく銃弾を放つ景光。まともに狙う暇などなかったが、その銃弾は重松の左肩、脇腹、右胸を捉え、そこから噴水のように血液が噴き出した。

「があああああぁぁぁッ――――ッッッ！」

悶絶《もんぜつ》する重松が振り回した触手が景光の腹を殴打《おうだ》する。ドスン、と鉄球を落とされたかのような強烈な痛みに景光は「ぐ……！」と苦悶《くもん》の声を漏らし、その場で膝を折った。

体勢を立て直そうとするが、そのたびに景光の全身を走る激痛がそれを拒む。

（くそっ……！　中和剤のせいでがＳＡＬＬＹが効いていない……！）

景光の猛攻を防いだ重松だが、そこにはミステリオーサが迫っていた。

「ハァッ！」軽く気合を入れて、ミステリオーサが煌々と赤く光る拳を重松の心臓に向かって伸ばす。危機を察知した重松は身を翻《ひるがえ》し、すんでのところでその拳を回避した。

「ボケがァ……！」「ミステリオーサ、飛んで！」

重松と御子の声が重なった。罵声と共に重松が放った触手をミステリオーサは指示通り跳躍して躱《かわ》す。ニタァとミステリオーサが笑みを湛えて、自分へと向かっていた触手を義手で握り込むと、ブチィ！　と鈍い音が響いた。

触手が断ち切られたのである。

「うオあああああああぁぁぁぁ――――ッ⁉」

雄叫《おたけ》びを上げ、顔を歪ませる重松。

触手の断面から噴き出す紫色の粘液を浴びながら、ミステリオーサが緑色の双眸をギラリと血気盛んに光らせた。

「あーあ、洗濯してもとれないよ、これ。どうしてくれんのさ」

「くたばれ、ミステリオーサァァァアッ！」

ぎゅん！　と空気を切り裂きながら四本の触手がミステリオーサに迫る。

――右！　左！　後退！　しゃがんで！

御子から指示が飛ぶ。ミステリオーサがそれに従って動くと、触手は面白いように空を切る。心臓、首……と弱点を狙って繰り出される触手だが、まるで彼女を避けているかのように当たらない。

しかし、まだミステリオーサは反撃の機会を見出《みいだ》せていなかった。

彼女の表情に徐々に疲弊の色が滲んでくる。いくら敵の行動が読めても、体力は無限ではない。避け続けるのにも限界がある。ミステリオーサに指示を出す御子の表情に苛立《いらだ》ちが募り始める。

その時だった。

御子が「うっ……！」と短く呻《うめ》いて膝を折った。

間違いない。あれは――

「御子！　それ以上はダメだ！」

全身を蝕《むしば》む痛みに耐えながら景光が声を張り上げる。

今まで冷静に指示を出し続けていた御子が苦しそうに息を荒げる。

彼女の身体《からだ》を襲う痛みは、力の原石の『拒否反応』によるものであった。

力の原石を体内に取り入れた際に稀《まれ》に起こる現象。反応は所謂《いわゆる》『発熱』だが、その熱さは普通に人間が生きて体感する温度を遥《はる》かに超えている。

全身を猛火に包み込まれているかのような熱さに悶《もだ》えながらも、御子はミステリオーサに対して指示を出し続ける。

「御子、それ以上は――」

「止めないでッ！　アタシ、視たの未来を……！　これに耐えないと……！　この方法でないとッ！　アタシたちはあいつには勝てないッ！」

「だとしても……！」

「構わないでッッ！」

御子が吠《ほ》える。

「あの石で、能力を引き上げられるのは一度きり……！　だから、構うな……！」

滝のような汗を流しながら球体を生み出し続ける御子。

どうやら異能の強化も長くはもたないらしい。

石の効果が切れれば、瞬《また》く間に再び劣勢に立たされる。

この勝負、やはり早期に決着させるしかない。

「――右よッ！　右へ避けてッ！」

再びミステリオーサに叫ぶ御子。

だが、拒否反応に耐えながら的確な思考回路を働かせるのは不可能に等しい。

御子の指示は悪手だった。

ミステリオーサは列車上に身を転がして触手を回避したが、彼女のすぐそこまでもう一本の触手が迫っていた。

「飛べェ、ミステリオーサァァ――ッッ！」

咆哮を上げて振るわれた触手はミステリオーサの腹部を捉える。

「か、はぁッ……！」

強烈な打撃を受けてミステリオーサが大量の血液と一緒に息を零《こぼ》す。同時、彼女は列車の最後車両とその一つ前の車両の境目辺りまで吹き飛ばされた。華奢《きゃしゃ》な身体が何度か列車上をバウンドし、やがてうつ伏せになって動かなくなる。

瞬間、景光の身体を蝕んでいた猛烈な痛みが霧散した。

「野郎………」

ゆらりと立ち上がり、拳銃を重松へと向ける。

ぜえぜえ、と息を切らしながら景光と対峙する重松。

ミステリオーサが持つ力の原石を手に入れて、理想を叶《かな》える――重松を動かしている原動力はただそれだけ。最早《もはや》、勝負は互いの意地を賭けた我慢比べであった。

「しぶとい、野郎だ、景光……お前はッ……！」

この間に重松は触手の再生を終えていた。顔面の半分を覆う血の塊を手で払い、重松は四本の触手を一斉に景光へと伸ばす。それに、景光は躊躇《ちゅうちょ》することなく立ち向かった。

「み、右斜め上から……来、る……！」

叫ぶ御子。前へ足を踏み出すたび、景光の身体には電撃のように激痛が走る。

だが、止まれない。止まるわけにはいかない。景光は襲い掛かる触手を体勢を下げて回避し、拳銃を発砲する。頭部を正確に撃ち抜くことは叶わなかったが、銃弾は重松の左目にヒットした。

「がァァッ！」

重松の眼鏡が粉砕し、吹き飛ぶ。潰《つぶ》された左目からドバァと溢《あふ》れ出す夥《おびただ》しい血液。だが、残された右目はまだ戦意があることを示すかのようにギラギラと輝きを湛《たた》えていた。

瞬間、びゅん！　と重松の触手がうねり、その鉤爪が景光の右肩を抉《えぐ》る。

残された力を振り絞って繰り出された猛攻。

「ぐ、ぅ……ッ！」

ギリ、と砕けんばかりに歯を噛み締めて痛みに耐える景光。

残された銃弾は二発。もう替えのマガジンはない。これで仕留めなければ──景光は銃把を握りしめ、重松の左側へと身体を滑り込ませる。

「こっちだ、ボケ」

死角に入り込み、悪態と共に景光が放った銃弾が重松の脇腹を抉《えぐ》る。「ぐ……！」と悶えながらも痛む身体を翻し、再び景光を視界に入れる重松。もう一発、銃弾を受ける場所が悪ければ出血多量で死ぬ可能性があることを重松も分かっていた。

重松は脇腹を走る痛みに気もくれず、死力を尽くして触手を景光へと伸ばす。

これが全力で出せる最後の攻撃であった。

「景光ウゥウゥウゥウゥッ！」「重松────────ッ！」

二人の咆哮が響き渡った直後、轟《とどろ》く銃声。

景光が放った銃弾は、重松の心臓を捉える──はずだった。

触手の鉤爪に弾《はじ》かれ、銃弾の軌道が変化した。

心臓に向かって飛んでいた銃弾は跳弾として重松の頬を掠《かす》めるに終わる。ピッと白い肌から噴き出した血しぶきを一瞥《いちべつ》し、重松はニィと醜悪な笑みを湛えた。

「弾を込めろよ、景光」

「…………」

──もう景光は攻撃する手段を持っていない。

残弾すべてを吐き終えたマガジンを新品と交換しないのが、その証明だった。

「どうした、景光！　弾をっ！　弾を込めろよッ！　弾がないならお前の負けだッ！　ミステリオーサは死んで、御子は拒否反応で使い物にならないッ！　お前はすべてを失ったんだよ、景光――――ッッ！」

下卑《げび》た笑い声が響き渡る。

絶望の縁に立たれたかのように俯《うつむ》く景光。

だが、その哄笑《こうしょう》を割って。

「――お前には見えていないのか。かわいそうに」

ぽつりと呟《つぶや》いて好戦的な笑みを湛える景光に、重松の表情は激昂《げきこう》の色に染まり上がった。

「どうして『笑ってる』んだ、景光……」

「あん？」

「負けたんだよ、お前はアッッ！」

ビリビリと天を切り裂くような咆哮《ほうこう》が響く。

「お前に反撃の機会なんてありはしない！　負けたんだ、お前はッ！　俺にッ！　吠えろ、景光！　負け犬みたいにィッ！」

肩で息をしながら怒り狂う重松に、「だから」と前置きして。

「──見えてないのか、って言っているんだ。この状況が、お前に」

景光が告げると、遥か先で倒れていたミステリオーサがすくりと立ち上がった。背後で気配を感じた重松がびくりと肩を震わせて振り返る。

「死んでいないだと……ッ！」

「悪いが、俺の相棒はあの程度じゃくたばらない」

──それでも死んだふりをしてたのは、何か目的があるからなんだろう？

──いつだってそうだ。あいつは追い込まれたふりをしながら、したり顔でとんでもない作戦を考えている。

──今回もそうなんだろう？　ミステリオーサ。

その瞬間だった。

ミステリオーサは赤く輝く右手を貨物用である最後車両に食い込ませ、

「うらああああああァァァァァァ────ッッッ！」

雄叫びを吠えると共にその車両を片手一本で持ち上げたのである。

「なッ……！」

驚愕《きょうがく》の声を漏らす重松に対し、ふぅふぅと息を荒らげながらもいたずらっぽい笑みを浮かべてやめないミステリオーサ。車両一台を抱えるミステリオーサの重みに、列車全体の車輪が聞いたこともない異音を奏《かな》でる。

「さすがのボクもこれは長いこと持ってられないな」

整った顔立ちを歪《ゆが》ませて、ミステリオーサは持ち上げた車両を重松の方へと放り投げる。

自身に迫りくる巨大な貨物車両の先端に狼狽《ろうばい》とも戦慄ともとれる表情を浮かべて、重松が触手を伸ばす。

触手は何とか車両を受け止めるが、それが精一杯であった。

車両の重みをたった四本の細い触手で受け止めながら、重松がうめき声を漏らす。

「うおおおおおおお……ッ！」

もう彼に車両を撥《は》ね除《の》けるだけの力は残っていない。脂汗を額に滲《にじ》ませ、車両を支える重松。それに冷たい視線を送りつつ、ミステリオーサは景光へと歩み寄っていく。

「無茶をするやつだ……お前は、いつも……」

負傷した右肩を左手で押さえつつ、景光は柔らかな微笑《ほほえ》みを景光に向ける。

「御子ちゃんが視《み》た未来の通りだよ。ボクらにはこうするしか勝ち目はなかったんだ。それと……みっちゃんが時間を稼いでくれなかったら負けてた。ありがとね」

ミステリオーサは懐《ふところ》から一つ、新品のマガジンを取り出して景光へと手渡した。景光は空のマガジンをそれと入れ替えてから、ゆっくりと重松に向き直る。

「──よぉ、重松」

列車の陰から姿を現した景光たちに、重松が車両を支えながらも「あァ⁉」と声を荒らげる。貨物車両に潰《つぶ》されないよう必死で、もう重松には景光たちに攻撃する術《すべ》がない。

「俺の話を聞き終わるまで、潰されるなよ……重松」

鬼神にも似た形相で自身を睥睨《へいげい》する景光の姿。ここで初めて重松の表情にわずかに恐怖の色が滲んだ。

自分の胸元へと当てられた拳銃を見つめながら、重松は途切れ途切れに言葉を紡《つむ》ぐ。

「俺を殺してもお前は変われない……お前も妹の治療費欲しさにこの武力まみれの世界に踏み込んだんだ……自分の望みのためにマフィアに入った俺とお前は、同類だ……！」

それを聞いて、景光は。

「確かに、そういう意味では俺とお前は一緒の人間なのかもしれないな。だが、お前の武力と俺たちの武力はまったくの別物だ」

トリガーにかけた指を一度退《ひ》いて、哀れみを含んだ笑みを零す。

「……どういう意味だ」

「重松、お前の武力はただのエゴだ。自分の利益のためにしか使われなかった哀れな強さだ。でも、俺たちは違う。俺たちはお前のような悪党からクラスメイトや大事な人を守る

ために武力を行使する。つまりは――」

すぅ、と景光は短く息を吸い込んで。

「一生懸命生きている御子のような人間が、お前のような私利私欲に塗《まみ》れた人間に虐《しいた》げられないようにッ！　まともに生きたいと願うミステリオーサのような人間が、お前のような人の心のない人間にその人生を狂わされないようにッ！　そして、これからもミステリオーサたちと一緒にいるためにッ！　お前はここで死ぬんだ、重松――――ッッッ！」

景光の瞳がカッと開かれたのを見て、重松は腹の底から救いを求める声を張り上げる。

「景光……やめろオォォォォォォォ――――ッッッ！」

「うおおおおおォォォォォォォ――――ッッッ！」

――引き金を引いた。

乾いた一発の銃声の直後、重松の心臓から悍《おぞ》ましい量の血液が噴出する。同時、重松は脱力し、貨物車両に押しつぶされた。めきゃ、と全身の骨が砕ける音。

それが一連の事件の黒幕――重松十五楼の最期《さいご》だった。

重松を圧死させた車両は行き場を失い、ごろりと崖下の海へ向かって落下していく。

景光はそれを見送りながら、列車上の端で伸びていた御子の頬に触れた。手のひらにじんわりと人並みの体温が伝わってくる。

どうやら力の原石を体内に取り入れたことによる拒否反応は終息したらしい。

「よく、戦ってくれたな……御子」

すやすやと寝息を立てて眠る御子に景光は優しく微笑んで、立ち上がった。

煤《すす》のついた頬を指で一度拭ってから、ミステリオーサは短く彼に声を掛けた。

「ねぇ、みっちゃん」

「何だ？」

「さっき言ってたのって、嘘《うそ》じゃないんだよね？」

恐々と尋ねたミステリオーサに口を真一文字に結んで押し黙る景光。

重松に引き金を引く前に告げた言葉についてだろう、とすぐに景光には察しがついた。

【裁】に入ったのは重病に苦しむ妹を救うためだった。【裁】を辞めてカタギに戻らず、ストレイシープに入ったのも同じ理由だ。

当初の目的はすでに達成されている。

だが――

「味方には嘘をつけない体質なんだ」

景光は決然とした口調で、ミステリオーサに返答した。

裏社会の仕事は楽じゃない。いつも死と隣り合わせで、気の休まる瞬間なんてない。

それでも、景光はもう少しだけミステリオーサに寄り添って生きてみたい——そう思った。

彼女と共に、悪党に苦しむ人々を救い続ける——それだけが今後の景光の生き方だ。

「……カッコつけたが、やっぱりミステリオーサと離れるのは寂しいからな」

やや頬を朱に染めながら、照れ臭そうに呟いた景光を後ろからミステリオーサが優しく抱きしめた。

血と煤に塗れた制服越しに伝わる体温が、じわりと彼の身体《からだ》を温めていく。

「ありがとう、みっちゃん。大好き」

「あぁ。あとでキャサリンに残留の意思を伝える。が、その前に——」

景光は猛烈な向かい風の中、目を細めて遠くを見やる。

遥《はる》か先に待ち構えているのは広大な空き地。レールは敷設《ふせつ》されていない。

「——もう一仕事、手伝ってもらえるか？」

after missions

鳴山《なりやま》学園高校の生徒をも巻き込んだ襲撃が幕を閉じて数日。

一連の事件はマスコミの手で当然のように世に晒《さら》されることとなった。

連日ニュースではこの話題について小難しい顔をしたコメンテーターが持論を述べ、また新聞に至っては大手のほとんどがこの事件を第一面へと取り上げた。

しかし、景光《かげみつ》たちが拳銃を使って重松《しげまつ》を屠《ほふ》ったことについてはどの新聞社も言及しておらず、重松十五楼《じゅうごろう》が学園生徒に襲撃を仕掛けるがうまくいかず自殺を図った――異能が暴発して死亡した――など事実とは異なる内容になっている。

すべてキャサリンやその上司であるアーノルドの手回しによって情報は見事に隠蔽、改《かい》竄《ざん》されたというわけである。

だが、それに惑わされず真実を探るのが日本の警察のお役目だ。

「少し今回は事が大きすぎたか……」

取調室の中でパイプ椅子に腰かけながら景光がため息を吐き出す。

一方、ミステリオーサは椅子に座りつつ脚をぶらぶらさせて何やら瞳を輝かせていた。

「ねえねえ！　例のやつ出るかな？　ボクおなかすいた！」

ガチャリ、と殺風景な部屋のドアが開けられる。そこに現れたのは景光たちがよく知る人物と取り巻きの警官数名であった。

「まぁたお前らか。まぁ、絶対に絡《から》んでいるとは思ってたんだがな」

「泉本《いずもと》刑事……」

現れた恰幅《かっぷく》のいい男はタバコで黄ばんだ歯を覗《のぞ》かせて「よう」と景光に返事し、テーブルを挟んだ彼らの対面に腰かけた。

「俺が出てくる意味、分かるよな？　暴れすぎってことだ。事後処理が厄介になる」

「毎度のごとく、申し訳ない」

「まぁ、こっちもキャサリンとアーノルドのやつには世話になってるからな。にしても加減ってもんがあるだろ」

泉本はスーツのポケットからスマホを抜き出し、ニュースサイトを立ち上げてから彼らに見えるように机の上に置いた。

──そこに映し出されていたのは上空を飛ぶヘリから撮影された、線路ギリギリのところで停車する列車の姿。

景光たちが機関室から緊急停止ボタンを押して停《と》めた『うみねこ』そのものである。

ミステリオーサは他人事《ひとごと》のようにしたり顔を浮かべる。

「いやぁ、何度見てもこれはシビれるわー。マジでギリじゃん！」

その直後、ミステリオーサからグゥと短い腹の音が漏れる。

「あ、カツ丼来てないよ⁉　カツ丼一丁っ！」

「んなもんねえよ。いつだって出すと思うなよ。大衆食堂じゃねえんだ」

「じゃあ、カレーパンといちごミルク！」

「なんだその組み合わせは……」

「えー知らないの？　意外と合うんだよ？」

呆《あき》れたようにため息を吐き出してから、泉本はデスクに頬杖《ほおづえ》を突く。

「まぁ、そんなことはどうでもいいがこっちには仕事ってもんがあるんでな。形式上だけは取り調べってやつをやっておかなくちゃならんのだ——……」


その一時間後。

景光たちは事情聴取とは名ばかりに、和気藹々《わきあいあい》と泉本と雑談を交わしてから警察署をあとにした。

景光たちが自動ドアを抜けると、署の正門辺りに立っていた一人が彼らに向かって駆けてくる。

――三国ケ丘御子《みくにがおかみこ》であった。

何もない平坦《へいたん》な道で躓《つまず》きながらも御子が必死に駆け寄ってくる。やがて、彼女は景光たちと対峙《たいじ》すると切れ長の瞳をうっすらと潤ませながら、震える唇を開いた。

「タイホ、されるの……？」

景光とミステリオーサが互いの顔を見合わせる。どうやらかなり深刻に事を捉えてここまで来たらしい。その証拠に御子の額には汗で湿った前髪がべったりと貼りついていた。

「……ぷっ。あは、あはははははっ！」

「なッ……！　どっちなのよ⁉」

腹を抱え笑い始めたミステリオーサに御子が声を荒らげる。

景光はふっと小さく笑みを浮かべ、ミステリオーサの代わりに返答した。

「俺たちは不思議な力で守られているんでな。逮捕されないんだ。取り調べを受けただけさ。カツ丼が出なかったのが残念だ」

御子がほっと胸を撫《な》でおろす。

だが、彼女はこれを確かめるためだけにここに来たわけではない。

「わざわざ心配して来てくれたんだな。すまなかった。送っていくよ」

時々景光が見せる、いつも通りの柔らかな笑顔。だが、その笑顔が今はなぜかどこ作り物のようにわざとらしいものに見えた。

分かっていたけど、やっぱりそうだ。景光たちは——

「……待ってよ」

歩き始めた景光たちを引き留める御子。

こわくて訊《き》きたくない。だけど、ちゃんと確認しておかないといけないと彼女は思った。

「ヒステモリアに……帰るの？」

押し黙る景光とミステリオーサにびゅおお、と強い風が吹きつける。二人から答えは返ってこない。だが、その沈黙こそが答えだった。

「言ってよッッ！」

御子の感情が爆発する。ここまで何とか我慢していた涙が瞳から大粒の雫《しずく》となってぽろぽろと零《こぼ》れ出した。

任務を終えれば景光たちはまた元居た場所へと戻っていく。

分かり切った話だった。だけど、分かっていたのに切なくて寂しくて、苦しい。

「アタシがここへ来なかったら勝手に消えてたんでしょ？　ひどすぎるわよ……」

嗚咽《おえつ》を漏らす御子に対し、ミステリオーサはもの悲しそうな笑みを浮かべる。

「本来、俺たちの小隊は日本の担当ではないんだ。帰るべき場所がある」

「だからって……」

「これればかりはどうしようもないことだ。だが、」


「これればかりはどうしようもないことだ。だが、」

景光はそこで一度言葉を切り、ニッといたずらっぽい笑みを投げかけた。

「──俺はこの任務を一生忘れない。御子と過ごしたこの一ヶ月を忘れない。絶対だ」

ハッと息を飲む御子に、ミステリオーサも続くように白い歯を覗かせながら微笑《ほほえ》む。

「ボクも御子ちゃんのこと、忘れないよ。だって、御子ちゃんはボクの『友達』だから」

御子にとっては、また景光とミステリオーサがいない高校生活に戻るだけ。

ただそれだけのことなのに、どうしてか涙が止まらない。

この時が来るまで気づけなかった。最初は二人のことを欺くつもりだったのに、いつの間にかこんなにも大事な存在になっていたなんて。

御子はぐしぐしと乱暴に瞼《まぶた》を手の甲で擦ってから、強い眼差《まなざ》しで景光たちを見つめる。

「ライン、送るから」

「あぁ」

「たまに電話もする……かも」

「ボクもかけるよ」

もう間もなく、二人は日本を去る。

だけどラインで、電話で。そして心のどこかで、彼らとつながっていると思うと御子の気持ちは少しだけ前へと向いた。

「……ちゃんと返事しなさいよ。忙しくてもっ！　これ、礼儀だから」

「あぁ。──じゃあ、そろそろ行こうか」

長い沈黙を裂いて、景光がそう口にしたその時であった。

──赤いスポーツカーが一台、猛スピードで警察署の駐車場に進入してきた。

キャサリンの愛車である。

景光たちの真横に停まると、運転席からいつも通りのスーツを決めたキャサリンが咥《くわ》えタバコのまま車を降りてくる。

「よう、御子嬢。体調は大丈夫か？」

紫煙をくゆりと漂わせながら微笑むキャサリンに、御子はまた目元を拭う。

「……まぁ、そこそこです」

どこか気恥ずかしそうに顔を背けながら答える御子。

キャサリンは「ふぅん？」と小首を傾《かし》げてから、景光とミステリオーサの方へと視線を向ける。彼らの表情もどこか寂しげだ。

「なるほど。お別れの最中だったのか。これは邪魔したな」

キャサリンはふっと小さく笑みを零して、懐《ふところ》から一枚の紙を取り出した。

「それは……？」

「これはな——辞令というやつだ」

尋ねた御子に笑顔を返して、キャサリンは折りたたまれた紙を開く。

いよいよ別れの時が近づいてきた。これで景光たちはまたヒステモリアに戻ることを命じられ、海を渡ってここを離れるのだ。

（せめて……せめて最後くらい笑顔で……っ！）

御子がぐいと表情筋を上げて笑みを取り繕う。だが、じわじわと溢《あふ》れてくる涙のせいでうまく笑えない。

「本当は事務所でやろうと思っていたのだが、ここでやるのも面白そうだ」

キャサリンは景光とミステリオーサを見据えて。

「辞令。ミステリオーサ・スキラッチ、衣良《いら》景光、二名に——ストレイシープ第七小隊勤務を命ずる」

発令が下された。

景光とミステリオーサは一礼することも忘れ、その場で唖然《あぜん》として立ち尽くす。

「……ということだ。あぁ、それと私も第七に異動だ。また小うるさい上司と一緒だが、我慢してくれ」

にやにやといたずらっぽい笑みをやめないキャサリン。そして、固まったまま微動だにしない景光とミステリオーサ。御子は彼女たちを見回して、恐々と尋ねる。

「あの……あなたたちはどこへ行くんですか？」

その問いに答えたのは、景光だった。

「――日本だ」

聞き間違いかと思った。「え」と呆《ほう》けた声を漏らす御子に、キャサリンはコホンと一つ咳払《せきばら》いをしてから、辞令のわけを語る。

「元々私たち第四小隊は東南アジアの管轄だったが、ちょうど日本を担当していた第七小隊と交代する形での異動になった。私の上司の粋な配慮だな」

「ということは……」

「あぁ。景光たちにはこのまま鳴山《なりやま》学園高校の生徒を続けつつ、任務に当たってもらう」

静寂が垂れ込めてくる。

ギギギと油が切れたロボットのように、御子は顔を景光たちの方へと向きなおして固く拳を握りしめた。お別れ会、突如の中止。

顔を真っ赤にしながらふるふると震える御子に、景光とミステリオーサが申し訳なさそうに口を開く。

「あー、その、なんだ……」「えっとぉ、あのぉ」

今、景光たち三人の脳裏を過《よぎ》ったのは先ほど告げた別れの言葉。

〝俺はこの任務を一生忘れない〟

〝御子ちゃんはボクの『友達』だから〟

〝ライン、送るから〟

カッコつけて送った言葉を思い出し、三人の顔がみるみるうちに羞恥に染まっていく。

「「──これからもよろしく」」

景光とミステリオーサが引きつった笑顔と共に手を差し出したと同時、御子の咆哮《ほうこう》が警察署内に響き渡った。

「アタシの涙を、返せえええええええええっっっ！」

腹を抱えて笑うキャサリン。気まずそうに顔を逸《そ》らす景光とミステリオーサ。

景光たちの騒がしい日々は、まだここ日本で続くことになりそうである。

あとがき

はじめまして。阪田咲話《さかたさくわ》と申します。

時に皆さま、暴力的で強い女の子はお好きですか？

僕は好きです。愛しています（創作物上のお話です。阪田を見かけても突然殴りかかるなどの奇襲はお控えください）。あとゴスロリ衣装の女の子も好きです。ああ、それと子犬みたいに慕ってくれる優しい妹系の女の子もやっぱりかわいい。好きです。それとオタクっぽい女の子も好き。オタクの女の子はオタクに優しいので……。

どれか一つなんて選べない。カレーだってトッピングいろいろのせたほうが絶対に美味《うま》いんだ——その欲張りからミステリオーサ・スキラッチというキャラが生まれました。

彼女には誰よりも心を通じ合える仲間がいてほしい——その想《おも》いから景光《かげみつ》や御子《みこ》やキャサリンが生まれ、ストーリーが生まれ、第34回ファンタジア大賞へ応募した結果、入選をいただき今に至ります。

本作を読み終わり、かつ第34回ファンタジア大賞のWEBページをご覧になったことがある方は「あらすじと全然違う！」ってなったかと思います。

はい、お察しの通り大大大改稿がございました。

当初、本作には学園ものの要素はなく、ただ景光たちが裏社会で暗躍する物語でした。担当編集さまとの打ち合わせで「学園要素を入れましょう！」と言われた時にはあまりの方向転換っぷりに脳内が『?』マークで埋め尽くされましたが、何とかなりました。自分でもビックリしています（お前が書いたんだろう）。

というわけで、入選発表から皆さまにお届けするまでに一年以上の時間がかかってしまいました。

ですがその分、応募原稿と比べるとキャラのかわいさやカッコよさ、ストーリーのアツさ等は著者比五〇〇%になっております。そのあたりが皆さまに伝わって「面白い！」と思っていただけたなら、著者としてそれに勝る喜びはありません。

最後に謝辞です。

イラストをご担当いただいたSOLar《ソーラー》さま。最初にキャラデザを見た瞬間に限界オタクと化しました。素敵すぎるイラストをありがとうございます！　キャラもイメージ通りで驚きました。……人の心を読む異能とか持っているタイプの方ですか？

担当編集の竹林《たけばやし》さま。長きにわたって本作をサポートいただき、ありがとうございました！　竹林さまのお力添えがなければ間違いなく本作は生まれませんでした。今後もついていく所存！　優しくしてやってください。

帯に推薦コメントをくださった賀東招二《がとうしょうじ》先生。偉大なファンタジア文庫の大先輩から応援をいただき、めちゃくちゃ嬉《うれ》しい反面、戦々恐々としております。「これを推薦して良かった！」と先生に胸を張って言っていただけるような作品を今後も書いていきたいです。

WEBで推薦コメントをいただいた竹町《たけまち》先生。ありがとうございます！　ファンタジア文庫で活躍されている憧れの先生にコメントをいただけて震える思いです。原稿を進めずツイッターしそうになった時には、竹町先生から応援いただいたことを思い出して原稿やります。

そして何より、この本を読んでくださった読者の皆さまに最大限の感謝を！

また、皆さまと会えることを願っております。

阪田咲話

PS．カバー折り返しに書いてあるパンツの件ですが、すぐに新品を買いに行きましたので今のところ困ってません。『かわいそう……パンツ送ってあげよう……』という方、そのお気持ちだけ受け取らせていただきます。ありがとうございます。

お便りはこちらまで

〒一〇二‐八一七七
ファンタジア文庫編集部気付
阪田咲話（様）宛
ＳＯＬａｒ（様）宛

富士見ファンタジア文庫

この教室《きょうしつ》は、武力《ぶりょく》に守《まも》られている

令和４年11月20日　初版発行

著者――阪田咲話《さかたさくわ》

発行者――山下直久

発　行――株式会社KADOKAWA
〒102-8177
東京都千代田区富士見2-13-3
0570-002-301（ナビダイヤル）

印刷所――株式会社暁印刷

製本所――本間製本株式会社

ISBN978-4-04-074801-6　C0193　◇◇◇

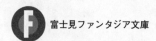

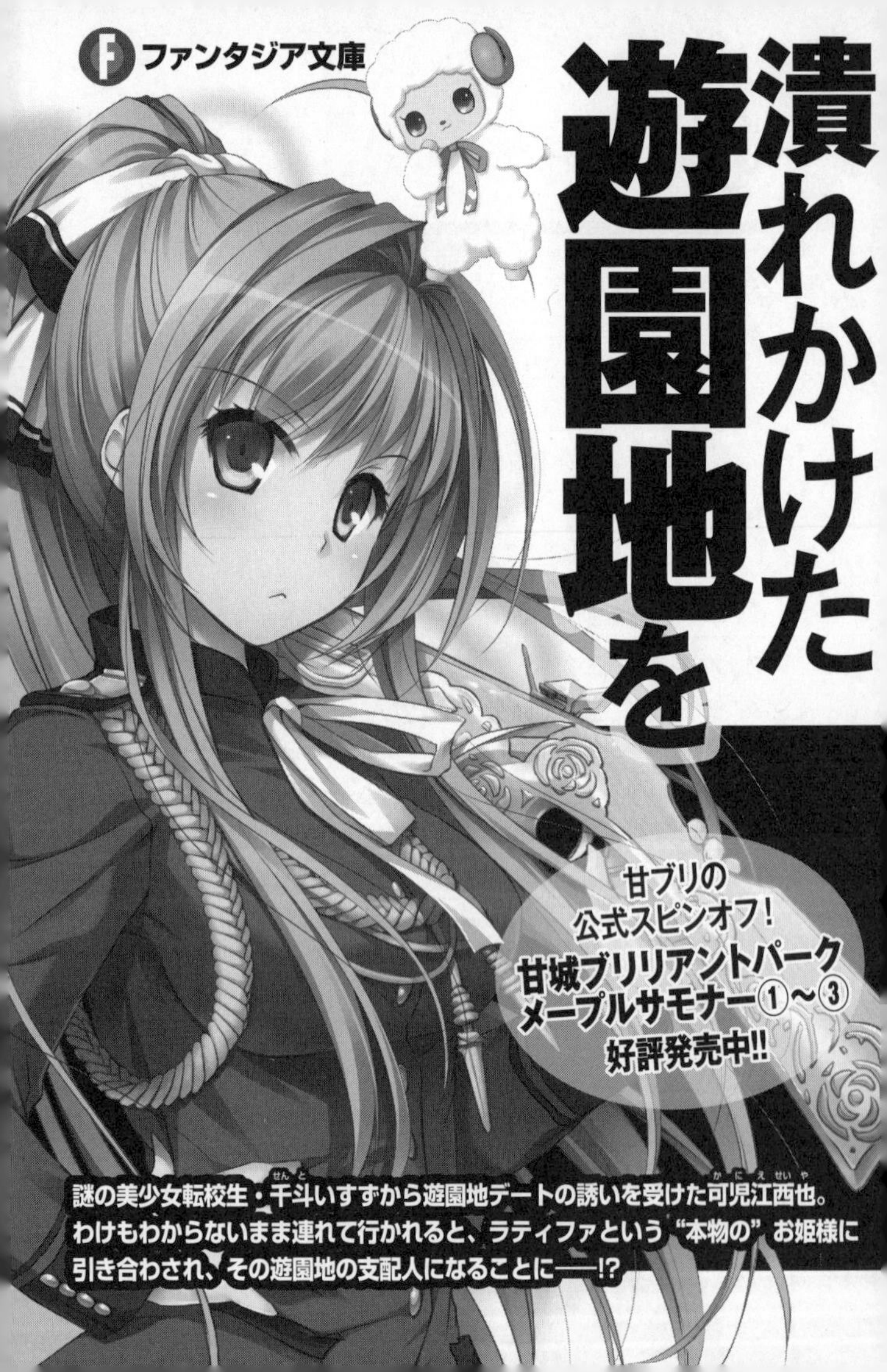
ファンタジア文庫
潰れかけた遊園地を
甘ブリの
公式スピンオフ！
甘城ブリリアントパーク
メープルサモナー①～③
好評発売中!!
謎の美少女転校生・千斗《せんと》いすずから遊園地デートの誘いを受けた可児江西也《かにえせいや》。
わけもわからないまま連れて行かれると、ラティファという“本物の”お姫様に
引き合わされ、その遊園地の支配人になることに――!?

再建せよ——!
甘《あま》城《ぎ》
AmagiBrilliantPark
ブリリアントパーク
1~8巻好評発売中(シリーズ以下続刊)
著:賀東招二
イラスト:なかじまゆか

騙しあい。

各国がスパイによる戦争を繰り広げる世界。任務成功率100%、しかし性格に難ありの凄腕スパイ・クラウスは、死亡率九割を超える任務に、何故か未熟な7人の少女たちを招集するのだが——。

シリーズ
好評発売中！

ファンタジア文庫

天上優夜《てんじょうゆうや》
異世界で
レベルアップした結果、
最強の身体能力を
手に入れた少年
この少年
すべてが
シリーズ好評発売中！

チートすぎる異世界でチート能力《スキル》を手にした俺は、現実世界をも無双する

I got a cheat ability in a different world, and became extraordinary even in the real world.

～レベルアップは人生を変えた～

著：美紅
イラスト：桑島黎音

幼い頃から酷い虐めを受けてきた少年が開いたのは『異世界への扉』だった！ 初めて異世界を訪れた者として、チート級の能力を手にした彼は、レベルアップを重ね……最強の身体能力を持った完全無欠な少年へと生まれ変わった！ 彼は、2つの世界を行き来できる扉を通して、現実世界にも旋風を巻き起こし――!? 異世界×現実世界。レベルアップした少年は2つの世界を無双する！

ファンタジア文庫

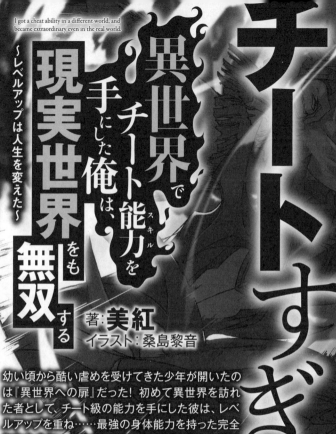

切り拓け！キミだけの王道
ファンタジア大賞
原稿募集中！
賞金
《大賞》300万円
《金賞》50万円
《銀賞》30万円
選考委員
細音啓「キミと僕の最後の戦場、あるいは世界が始まる聖戦」
橘公司「デート・ア・ライブ」
羊太郎「ロクでなし魔術講師と禁忌教典《アカシックレコード》」
ファンタジア文庫編集長
後期締切 2月末日
前期締切 8月末日
公式サイトはこちら！ https://www.fantasiataisho.com/
イラスト／つなこ、猫鍋蒼、三嶋くろね